Premessa

Avviso i potenziali lettori di questo mio romanzo breve che non ho ambizioni letterarie. Ho gioito di troppe opere meravigliose per non essere conscia della mia penosa inadeguatezza. Confesso però che adoro "raccontare storie" e questa è appunto una storia, un semplice racconto situato negli anni Trenta e Quaranta del Novecento, che vorrei condividere con qualche amica e amico, sperando solo di non annoiarli. Le storie mi piacciono da quando, bambina, le ascoltavo con curiosità e delizia. Poi ci sono stati i libri, il cinema, il teatro, la televisione e mi sono accorta che, in ognuno di questi generi, cercavo innanzitutto la "storia", sorvolando spesso su altri pregi quali lo stile, la creatività, la bella scrittura, la regia sapiente e così via. Importanti, invece, i personaggi, ai miei occhi sempre reali anche se frutto di fantasia, esseri umani in cui mi capita di immedesimarmi con vibrante simpatia. Quando poi scrivo di loro, provo una sorta di empatia che mi porta a farne espressione dei pensieri e delle convinzioni che mi frullano nella mente. Di tanto in tanto diventano così miei portavoce, dando un tocco autobiografico alla narrazione. Il resto è pura "storia", così come mi diverto a immaginarla e a scriverla, cioè a raccontarla a chi la vuol sentire. Scusate… niente voce… buona lettura.

Uno strano visitatore

"È venuto di nuovo! Lo sento. Dorme qui vicino a me, tutto rannicchiato. Mi soffia un po' sul collo. E mi tiene un caldino…".

La voce eccitata del fratello bucava il buio della stanza. Marianna si rizzò a sedere, scostandosi con impazienza i capelli dalla fronte, quasi fosse quella sua frangetta arruffata a impedirle di vedere. Incrociate le gambe, si volse leggermente verso il letto del Picci che sapeva là, contro il muro, oltre la cassapanca dei giochi.

"Ne sei sicuro? Sei sicuro che sia proprio lui?". Curiosità mista a un delizioso tremore animava il sommesso mormorio che non osava farsi suono. Non bisognava assolutamente svegliare la tata. Brontolando, avrebbe acceso la luce e "lui" se ne sarebbe andato, com'era già successo per ben due volte le notti precedenti.

"Oh sì, è sempre lui!", il Picci era sicuro. "Come potrei non riconoscerlo? È tutto peloso e morbido, ha tanti riccioli sulla testa e le corna e le orecchie a punta. Ha le mani un po'strane… e al posto dei piedi ha degli zoccoletti. Se ne sta buono sotto le coperte, ma la testa è sul cuscino… Per respirare", precisò.

"E la coda? Ce l'ha la coda? Se non ce l'ha, non può essere un vero diavolo". Marianna insisteva, dubbiosa e speranzosa al tempo stesso. Purché l'amico del Picci avesse anche la coda! "Certo che ce l'ha!". La risatina del fratello tintinnò appena nell'oscurità.

"È lunghissima con in fondo uno spazzolino duro e nero". "Come fai a sapere che è nero? Senza luce non puoi vederlo", obiettò ragionevolmente Marianna.

Cambiò posizione e il cuscino cadde con un lieve tonfo. "Me lo ha detto lui", fu la serena risposta del Picci. "Lo sai che quando è sveglio chiacchieriamo. Posso chiedergli tutto quello che voglio. Anche i suoi capelli sono neri. Come l'inchiostro", aggiunse soddisfatto.

"Per piacere chiedigli se mi vuole conoscere", bisbigliò Marianna, "chiedigli se posso venire anch'io lì con voi".

"Ha già detto tante volte di no", la voce del Picci era categorica. "Ha detto che non gli piacciono le donne perché sono delle rompiscatole. Proprio così ha detto: rompiscatole. È mio amico e basta".

"Allora non è un diavolo! Ai diavoli piacciono moltissimo le donne. Lo so perché l'ha detto zia Maria Teresa. Ieri ha detto: quello è un vero diavolo, sempre a correr dietro a qualche sottana. Finirà all'Inferno, lui e tutte le sue... Non mi ricordo più la parola, ma so che significava donne. Solo le donne portano le sottane".

"E i preti", puntualizzò il Picci. "Comunque il mio amico è un diavolo piccolo", ipotizzò incerto. "Forse i diavoli grandi sono come dici tu, ma il mio è un diavolo piccolo. Anche le sue corna sono piccole e non pungono quasi... Sono dure, dritte e tutte lisce. Mi piace toccarle...".

"Sì, ma io voglio conoscerlo". Una grande invidia trapelava dal bisbiglio ansioso di Marianna. "Forse potrei venire lì adesso mentre lui dorme. Non se ne accorgerebbe di sicuro".

"Se ne accorgerebbe", rispose cocciutamente il Picci. "Si sveglierebbe, si arrabbierebbe e non tornerebbe più. E io non avrei più ne-an-che-ne-an-che-ne-an-che un amico", sillabò. "Se proprio vuoi, posso chiedergli di mandarti sua sorella... ma non credo che abbia una sorella. I diavoli sono tutti maschi. Non ci sono mamme-diavolo, nonne-diavolo, zie-diavolo, sorelle-diavolo...".

"Ma che stupidaggine! Se non avesse una mamma non sarebbe neanche nato. Lo sanno tutti che esistono le diavolesse. Comunque non me ne importa niente di sua sorella. Voglio conoscere lui. Vengo lì subito, adesso!", lo interruppe decisa Marianna.

E, senza badare alle sue proteste, mise i piedi giù dal letto. Sentì il gelo dei mattoni, inciampò nella culla della bambola e finì col rovesciare fragorosamente l'alto seggiolone su cui avevano posato in bell'ordine i vestiti prima di coricarsi. La voce della tata si levò all'istante: "Marianna, Picci... cosa state combinando?". Un attimo dopo la luce inondava la stanza e il largo, tondo viso della tata, normalmente benevolo, si raggrinziva in una smorfia di sdegno alla vista delle coperte buttate all'aria, dei piedi nudi sul pavimento e del seggiolone rovesciato con tutto il suo carico.

"A letto, subito!", ingiunse la tata con un tono che non ammetteva repliche. "Ma cosa ti salta in mente, Marianna? Credi forse che sia già mattina? È notte fonda e almeno di notte i bambini devono dormire e tacere e lasciare in pace i grandi, che diamine!".

Delusa e sgomenta, Marianna fissava il letto del Picci. Niente! Solo il volto del fratello, rosso di collera, gli occhi brucianti di rancore. Con gesto di sfida, il Picci respinse la trapunta, fino a mostrare i piedini emergenti dal pigiama, poi la riafferrò con violenza, tirandosela fin sulla testa. Il suo misterioso amico, il piccolo demone cornuto che di notte s'insinuava accanto a lui era indubbiamente scomparso! Riluttante, Marianna tornò a sua volta sotto le coperte, rimboccata dalla tata alzatasi per riparare al disastro del seggiolone e dei vestiti. "Guai a te se ti muovi ancora!", la rimbrottò spegnendo infine la luce, "Se non hai sonno, pensa al Pincio".

Diceva sempre così la tata, "Pensa al Pincio", da quando c'erano stati ed erano rimasti colpiti dalle sue meraviglie: carabinieri a cavallo, maestosi busti di marmo, pini a ombrello, burattinai, seminaristi vestiti di rosso, folle variopinte e chiassose che sembravano non avere un pensiero al mondo. Per non dire dei gelatai, dei venditori di palloncini e banderuole e dei ragazzi che offrivano coni di lupini spruzzati di sale e cartocci di noccioline. Il Pincio era tutto ciò che avevano visto di Roma in una radiosa mattinata di sole, mentre il padre e la madre assistevano a una cerimonia in Vaticano ed erano ricevuti da Sua Santità. In seguito, la mamma aveva insegnato loro la canzone che la folla cantava nell'immensa piazza San Pietro: "*Santo Padre che da Roma ci sei meta, luce e guida, in ciascun di noi confida, su noi tutti puoi contar. Siamo arditi della fede, siamo araldi della Croce, al tuo cenno, alla tua voce, un esercito all'altar".*

Si era commossa, la mamma, partecipando a quella solenne giornata di preghiera. I bambini, invece, tenuti saldamente per mano da una tata spaesata e preoccupatissima, avevano girovagato per ore tra la spettacolare terrazza affacciata su piazza del Popolo e il galoppatoio, assaporando piaceri indubbiamente pagani e per loro del tutto nuovi.

Al Pincio, miracolo dei miracoli, la guerra sembrava molto lontana, un fattaccio lugubre da dimenticare. Ma già nel tardo pomeriggio, in treno, erano ripartiti per il Nord e per l'antica casa di campagna dove si erano rifugiati abbandonando Milano dopo che il padre era stato ferito. Tra i primi ad essere richiamato alle armi, era tornato dall'Africa "con un polmone di meno", diceva la tata. Per fortuna non era così, ma certo un proiettile lo aveva trapassato da parte a parte, era stato lì lì per morire e la mamma si era dedicata per giorni e giorni interamente a lui, affidando i bambini alle affettuose quanto stravaganti cure di zia Maria Teresa, in realtà una prozia.

Più giovane e simpatica di sua sorella, la solenne e silenziosa nonna paterna, zia Maria Teresa aveva sui bambini idee molto precise, non dissimili da quelle degli inglesi sui *pets*. Animaletti da compagnia graziosi e godibili, purché ben educati, che esigevano di essere nutriti e puliti ogni giorno con solerzia, da trattarsi affettuosamente accarezzandoli di tanto in tanto, ma badando a che facessero i loro bisogni nei luoghi deputati e la cuccia tranquilli su un apposito tappetino. Come i *pets*, i bambini andavano ammoniti con dolcezza se chiassosi o fastidiosi. Ma, purtroppo, a differenza dei *pets*, non avevano il benché minimo istinto di autoconservazione. Anzi, manifestavano un'incredibile tendenza ad attentare alla propria vita. La loro capacità di farsi male, cadere, ferirsi, inghiottire cose non commestibili, era sciaguratamente senza limiti. Bisognava dunque sorvegliarli di continuo, far sparire dal loro raggio d'azione tutto ciò che poteva costituire un pericolo, tenerli occupati con una gran quantità di innocui giocattoli, ma soprattutto trascinarli in lunghe passeggiate all'aria aperta per esaurire le loro temibili energie. Poiché, infatti, i rischi che correvano erano direttamente proporzionali alle ore di veglia, sembrava auspicabile prolungare i tempi del sonno. Dodici o tredici ore, tra notte e giorno, apparivano eque a zia Maria Teresa, soprattutto se distribuite in base agli impegni e alle abitudini degli adulti. Capitava così che Marianna e il Picci potessero giocare in pace in salotto fino a notte inoltrata se zia Maria Teresa sedeva con gli amici al tavolo del bridge, mentre venivano sbrigativamente messi a letto con le galline se lei aveva deciso di uscire. Allo stesso modo, il riposino pomeridiano non aveva orari. Dipendeva dalla pioggia e dal sole, dalla durata dell'immancabile passeggiata e dagli impegni della zia all'ora del tè.

La tata sbuffava, ma era troppo occupata a badare a tutto per dedicarsi a tempo pieno ai bambini. E la madre lasciava fare, paga della certezza che, grazie a zia Maria Teresa, i due piccoli fossero sempre e comunque al sicuro. Poi il padre era finalmente guarito, ma la guerra si era fatta sempre più vicina e minacciosa e la grande casa, già piena di parenti più o meno indigenti, aveva accolto anche alcuni amici bisognosi di rifugio, trasformandosi, *dulcis in fundo*, in un covo della resistenza. In un primo tempo solo morale e culturale, con riunioni, discussioni notturne e circolazione di fogli clandestini. Ma ben presto anche armata, quando i bombardamenti sul Nord si erano via via intensificati e le notizie delle sconfitte non solo italiane, ma tedesche, ascoltate con trepidazione a Radio Londra, avevano acceso le speranze in una fine imminente del conflitto. Al fianco del marito, la madre, pur con minor convincimento ideale e maggiori, intime angosce, a causa di suo padre, dei fratelli e degli amici d'infanzia impegnati sul fronte opposto, faceva da corriere e da staffetta con Milano, nascondeva i ricercati allestendo a questo scopo gli immensi solai, e tentava, nella crescente miseria che affliggeva tutti, di salvaguardare pane e companatico per la famiglia, contro l'assalto dei partigiani, avidi di cibo e di vestiti oltre che di armi. I bambini, rimasti affidati a zia Maria Teresa, assistevano quasi ogni giorno a scontri tra i genitori su quest'ultima, spinosa questione. "Sofia", ammoniva il padre, "non dobbiamo essere avari con chi combatte per noi correndo enormi rischi". "Ma Cesare", si lamentava lei, "non tieni conto del numero di bocche che dobbiamo sfamare ogni giorno? E poi ci sono i poveri della parrocchia, molto più derelitti dei tuoi… presunti guerrieri!". Un litigio in particolare era rimasto memorabile. Con grande fatica e grandi rischi, la mamma era riuscita a procurarsi una bella pezza di cotone per sei camicie destinate (tutti in casa lo sapevano!) a papà. Le aveva fatte fare da una sartina del paese e le aveva esibite, raggiante, anche a Marianna e al Picci.

"Finalmente vostro padre avrà dei ricambi decenti", aveva detto. "Non sopporto più di vederlo con i polsini e i colli lisi come l'ultimo dei pezzenti! E poi ci sono anche i buchi di sigaretta! Come riesca a trovarle, poi, le sigarette, Dio solo lo sa…".
Le sei camicie nuove fiammanti giacevano ancora, trofeo duramente conquistato, in bella mostra sul ripiano del cassettone, quando erano arrivati, fradici di pioggia, sporchi, puzzolenti e con la barba lunga, alcuni giovinastri dall'aria poco raccomandabile. "Partigiani!", aveva esultato papà. "Imboscati", aveva mormorato la mamma.
Comunque, si era subito preoccupata di far servire loro minestra calda, pane, uova e un po' di vino. "Ma non potete tenervi addosso quei vestiti bagnati!", aveva esclamato papà. "Poveri ragazzi! Vi buscherete una polmonite!".
Detto fatto, aveva preso le sei camicie nuove e le aveva

grandiosamente distribuite, insieme ad alcuni altri indumenti afferrati a casaccio nell'armadio. A bocca aperta, Marianna e il Picci trattenevano il respiro. Ma insomma, perché quei brutti ceffi dovevano prendersi la roba di papà?

La mamma, impietrita, era rimasta immobile per un attimo. Poi si era scagliata come una furia su papà ed erano volati i ceffoni più violenti e sonori mai uditi in quella casa. Sciaff, sciaff, sciaff! La testa di papà era rimbalzata da una parte all'altra, poi la mamma, rigida e dignitosa, aveva lasciato la stanza. Di fronte ai bambini allibiti, i sei malnati erano scoppiati in una gran risata e... si erano tenuti tutto, cambiandosi, anzi, prima di mettersi a mangiare oltraggiosamente stravaccati con i gomiti sul tavolo.

Papà non aveva detto né fatto nulla. Si era seduto con loro a parlare di guerra e di resistenza. Ma, per un'intera settimana, lui e la mamma si erano del tutto ignorati, evitando, glaciali, persino di rivolgersi una sola parola. La storia delle camicie e dei ceffoni era poi stata dimenticata. Da tutti, fuorché dai bambini, in allerta ormai al minimo cenno di dissapori.

Il cerchio magico

Malgrado vivessero in campagna, il problema dei viveri si faceva di giorno in giorno più pressante, sia perché la loro era una campagna povera, sia perché i bombardamenti, mirati ai ponti e alle ferrovie che circondavano la zona, rendevano comunicazioni e scambi particolarmente difficili; sia, infine, perché la gente da nutrire era davvero troppa. Così, zia Maria Teresa aveva incominciato a dare uno scopo preciso alle sue quotidiane passeggiate salutistiche con i nipoti. Appesa alla sua mano, soffocando nelle ampie, svolazzanti pieghe delle sue sottane, Marianna percorreva chilometri e chilometri di fangosi sentieri tra i campi alla ricerca di un po' di farina, latte, carne, uova, verdure nelle cascine dei dintorni.

La piatta pianura nebbiosa non aveva più segreti per lei. Ne conosceva tutte le malinconie. E le segrete bellezze. Gli orizzonti lontani, intravisti tra grigi filari di pioppi, riservavano piacevoli sorprese. Rosse cascine di mattoni emergevano improvvisamente dalla foschìa e lì c'erano bambini e gatti e fuoco acceso, grufolare di maiali, razzolare di polli, rumori e odori famigliari e rassicuranti. Grossi paioli di polenta dondolavano appesi a un gancio nel focolare e il *nusèt*, denso e succulento intruglio di verze messe a macerare negli avanzi di grasso, profumava tutta la cucina. Con la polenta o a insaporire la minestra, fritto in polpette o spalmato sul pane, pietanza o condimento, il *nusèt*

14

nutriva i poveri fino al prossimo raccolto di cavoli. Marianna si avvicinava quatta quatta all'orcio dove veniva conservato, sollevava con prudenza il coperchio e vi infilava dentro un dito. Poi lo succhiava, cercando sotto l'unghia quel po' di verdura salata e appiccicosa che vi rimaneva. Se nessuno badava a lei, osava rubarne un po' di più.

La zia, intanto, chiacchierava con i contadini. S'informava prima di tutto della salute di tutti i membri della famiglia, poi passava alla guerra e, con una certa maestosità, conscia dell'importanza del suo ruolo, rendeva edotti gli ascoltatori rispettosi e attenti degli ultimi sviluppi della situazione. Le notizie più ambite erano quelle di Radio Londra e venivano per ultime, in un'atmosfera di attesa creata ad arte, che la zia riteneva favorevole alle laboriose e difficili trattative sul prezzo del burro, della farina, di un pollo o di un pezzo di maiale. Infine, con la sporta piena, zia Maria Teresa sostava un attimo accanto al fuoco e, con un sospiro di rimpianto, chiamava Marianna.

"Andiamo, impiastro", diceva, "i ghiacci ci aspettano". Una volta Marianna aveva osservato: "Ma zia, non c'è neanche la neve!". "Non importa, fa così freddo e umido che è come se ci fosse. Cerca di avere un po' di immaginazione!", era stata la brusca risposta. D'immaginazione Marianna ne aveva, ma la teneva in serbo per i casi di estrema necessità. Perché non sempre le cose andavano così lisce. Capitava che i contadini fossero troppo poveri o troppo egoisti, che non potessero o non volessero vendere niente. E capitava anche che zia e nipote si perdessero nella nebbia o nel buio incombente e che, invece di tornare verso casa, prendessero un sentiero incerto che si faceva sempre più stretto prima di scomparire del tutto, cancellandosi contro un argine o addirittura nelle melmosità acquatiche di una marcita.

Zia Maria Teresa non si perdeva mai d'animo e Marianna osava appena mormorare che era stanca e aveva i piedi bagnati. Col coraggio richiesto alle Piccole Italiane d'anteguerra, tornavano indietro e spesso approdavano... in un'altra marcita identica alla prima. Zia Maria Teresa enumerava allora, a edificazione della nipote, i molti vantaggi della loro situazione rispetto a quella dei soldati al fronte e delle popolazioni indifese nelle città bombardate. Poi, con piglio militaresco, la trascinava, sempre più incespicante e inebetita, nei meandri di quelle distese ostili finché non ritrovavano la via del ritorno.

Il Picci, di quasi due anni più piccolo, non sempre partecipava alle spedizioni di vettovagliamento. Ma detestava restare da solo a casa e si vendicava ogni volta facendo qualche dispetto alla sorella. Nascondeva le sue cose o le rompeva a bella posta, catturava ragni e lucertole che poi metteva nel suo letto, strappava pagine dai suoi libri preferiti. La tata che, col solo aiuto di due ragazzotte del luogo, badava alla sopravvivenza dell'intera comunità, non ce la faceva ad arginarlo. E zia Maria Teresa, innamorata cotta di quella fragile creaturina ricciuta che, non fosse stato per i capelli color del grano, pareva uscita da un quadro del Murillo, non lo sgridava quasi mai. Col precipitare della situazione e l'occupazione tedesca, neanche lei, d'altronde, aveva più molto tempo per i bambini.

Ufficiali della Whermacht si erano installati al pianterreno della loro stessa casa, rendendo impraticabile l'ampio cortile e l'ingresso principale, nonché rischiosissime le attività clandestine al piano superiore e nei solai. Zia Maria Teresa, vedova di un nobiluomo austriaco, parlava correntemente il tedesco ed era stata perciò deputata a trattare con loro e a mantenere buoni rapporti, sviandoli dalla fitta rete di resistenti antifascisti, armati e non, che gravitavano intorno al nipote. Compito che svolgeva con la consueta energia, condita da un inimitabile e collaudato *savoir faire* mondano.

In una situazione di tale gravità, le malefatte del Picci, silenziose e occasionali, non davano fastidio a nessuno tranne che a Marianna, la quale si vendicava a sua volta sfruttando la forza e l'intelligenza dei suoi quasi sette anni per trascinare il fratello in giochi in cui, per forza di cose, era perdente.

"Facciamo i minatori", proponeva, sorridendo fino alle orecchie, "si deve far finta di scavare strisciando nel buio. Vedrai, è molto divertente".

Poi lo chiudeva a chiave nelle vaste profondità di un armadio seicentesco e lì lo lasciava incurante dei suoi strilli terrorizzati. Oppure: "Arrampichiamoci su quell'albero, guarda come faccio io, è facilissimo".

Il Picci la seguiva fiducioso, ma poi non riusciva più a scendere e lei lo abbandonava sdegnosamente, tutto tremante, a cavalcioni di un ramo. Allo stesso modo, quando giocavano alla guerra, il Picci soccombeva e Marianna, dopo agguati e inseguimenti nel parco che divertivano entrambi, lo faceva prigioniero e lo legava a un tronco o, peggio, lo malmenava fino a strappargli un umiliante e lacrimoso "Mi arrendo".

Malgrado ciò, il Picci, entusiasta e cocciuto, continuava ad abboccare all'amo e Marianna, magnanima, spesso lo lasciava vincere o lo aiutava nelle "imprese" più difficili, salvaguardando il segreto equilibrio del loro rapporto affettivo.

Di complicità in complicità, di ripicca in ripicca, sempre più confinati dagli adulti nel cerchio magico della loro solitudine a due, incentrati l'uno sull'altro in un mondo tumultuoso, pieno di eventi drammatici al di fuori della loro portata, fratello e sorella vivevano in simbiosi, condividendo ogni cosa come casti, innocenti amanti. Si cercavano, si capivano al volo, si scambiavano non solo i dispetti, ma il pane e il sale della vita, le scoperte, i timori, le gioie, le esperienze.

A causa della guerra e della posizione relativamente isolata della casa, Marianna non andava a scuola. E la vecchia maestra che veniva tutti i giorni, in bicicletta, a insegnarle i rudimenti del sapere si occupava, nelle stesse ore, anche del Picci. Marianna leggeva e scriveva correntemente, il Picci leggeva soltanto, in modo approssimativo, aiutandosi furbescamente con la memoria e le immagini. Marianna faceva di conto, il Picci conosceva i numeri e sapeva a memoria le prime tre tabelline. Mentre tutto ciò che la maestra spiegava, letteratura, storia o geografia, veniva recepito da entrambi.

Di fatto, quelle lezioni un po' anomale si risolvevano soprattutto in gran letture ad alta voce della maestra stessa che i bambini seguivano affascinati. Il libro *Cuore*, le favole di Andersen e dei fratelli Grimm, *Pinocchio*, i romanzi di Jules Verne e di Salgari, opportunamente alleggeriti, le vite dei Santi, la Bibbia e i miti dell'antichità classica si alternavano alle poesie che i piccoli imparavano a memoria a forza di sentirle recitare. I versi più accessibili di Pascoli, Carducci, Giusti, D'Annunzio, ma anche di Dante o di Omero, erano, a grande richiesta, il loro pane quotidiano. Dal dantesco canto di Ulisse che si era messo arditamente *"per l'alto mare aperto"* al lamento della povera Andromaca, il cui marito sarebbe morto di lì a poco sotto i colpi del furioso Achille.

Anche le letture erano quindi condivise, con la loro forte carica di emozioni e sentimenti, tanto più coinvolgenti perché vissuti con spontaneità e immediatezza, fuori da ogni nozione di obbligo e dal confronto con le reazioni, magari ottuse o beffarde, di altri bambini. Per Marianna e il Picci, *La cavallina storna* non era un poema letterario, ma una vicenda commovente e terribile che avrebbero potuto vivere in prima persona se solo avessero avuto una cavalla e se il padre, tornando a casa su un calesse, fosse stato brutalmente assassinato. Allo stesso modo l' *"Or si fa innanzi Alberto da Giussano"*, con il suo appello al coraggio e alla lotta senza quartiere contro lo straniero, *"Milanesi, fratelli, popol mio..."*, veniva spontaneamente collegato alla battaglia per la libertà che si combatteva sotto i loro occhi contro l'invasore tedesco.

La vecchia maestra, che di fuori era sdrucita e lisa, ma dentro era d'oro fino, sapeva benissimo come commuoverli ed entusiasmarli. Dopo quarant'anni di scontri con la massa indistinta di faccette beote che la guardavano dai banchi e che incombeva a lei sola strappare a una degradante ignoranza, era convinta che non c'è risposta se non c'è domanda e che l'indifferenza è la peggior nemica del sapere. Con i suoi scolaretti, per lo più figli di contadini analfabeti, aveva sperimentato un metodo che, col tempo, aveva dato risultati strabilianti, portando molti di loro a emergere nella vita, malgrado le sfavorevoli condizioni di partenza.

Rinunciando a quaderni pieni di aste, lettere dell'alfabeto, paroline stente, passava i primi mesi a raccontare storie, leggere poesie, suscitare emozioni, reazioni di qualsiasi genere, spiando con ansia il primo segno d'interesse, aspettando le prime domande, i primi perché.

Ricordava ancora, sorridendo tra sé e sé, il giorno beato in cui, sentita la storia biblica della moglie di Lot, trasformata in statua di sale, era scoppiata nella sua classe una lite furibonda tra i bambini che ritenevano giusta la punizione (quella donna era proprio una cretina!) e quelli che ce l'avevano con il Padreterno per la sua severità. "Quel Dio lì è più cattivo del mio papà che mi picchia sempre!", si era lamentato un piccoletto con le mani piene di geloni. Allora lei era passata all'analogo mito di Orfeo che aveva perso Euridice negli Inferi per essersi voltato a guardarla e improvvisamente aveva realizzato di aver vinto la sua prima battaglia con le faccette beote.

"Sciocchezze", commentavano sprezzanti i colleghi. "Tu parli e sparli e intanto a Natale non hanno ancora aperto un quaderno". Ma in giugno di quaderni pieni ce n'erano tanti, l'anno dopo si formava spontaneamente un gruppetto trainante, entusiasta e attivo, e, alla fine delle elementari, metà classe era al di sopra della media, pronta a proseguire negli studi.

Che pena quando questo balzo non era possibile, quando genitori troppo poveri o troppo ignoranti stroncavano l'impegno e le speranze dei loro figli! Con tutte le sue forze lei cercava di aiutare i migliori, li convocava la sera, insegnava loro gratuitamente, li portava avanti finché poteva come privatisti, pagando i libri di tasca sua. Alcuni, grazie a lei, erano addirittura arrivati a una laurea. Molti altri si erano persi per strada. E intanto, il tempo era passato e lei non si era mai sposata ed era andata in pensione povera in canna.

Adesso, con Marianna e il Picci, non solo guadagnava

bene, ma poteva permettersi di applicare il suo metodo fino in fondo, praticando senza remore quella che lei chiamava "l'educazione del cuore", fatta di *ethos* e di *pathos* prima che di nozioni; di sentimenti, curiosità, sorrisi e lacrime prima che di scienza e conoscenza.

I bambini l'aspettavano ogni giorno con ansia, pronti a commuoversi e a vibrare a ogni nuova storia, sviluppando il senso del "bello e buono" contrapposti al "brutto e cattivo" e sbrigliando liberamente la fantasia. Tuttavia, mancava loro qualcosa. Un'assenza oscura e indefinibile planava sulle loro vite. Costretti a cimentarsi sempre e soltanto con persone adulte, personaggi immaginari, modelli più grandi di loro, sentivano acutamente, senza saperlo, la mancanza di amici della loro età.

Le rare volte che incontravano dei bambini, in paese o nelle cascine dei dintorni, li avvicinavano, curiosi e circospetti, ansiosi di trovare un punto di contatto, un modo di fare comunella. Riuscirci, però, era un altro paio di maniche. Già rompere il ghiaccio era difficile, a volte impossibile. Capitava che, goffi e col magone, restassero in disparte a invidiare i giochi di un gruppetto affiatato che non li degnava di uno sguardo. I bambini sono spesso crudeli. Si coalizzano spontaneamente contro gli intrusi.

E, se capitava che Marianna e il Picci avvertissero uno spiraglio di disponibilità, accadeva poi che, senza volerlo, sbagliassero tattica. Per attirare l'attenzione si mettevano in mostra. Si esibivano, davanti ai piccoli sconosciuti, in patetici balletti dimostrativi, facevano la ruota, recitavano. Fraintendendo il significato dei loro sguardi attoniti, si spendevano in salti e capriole, tiravano il più lontano possibile una palla o un sasso. Ingenuamente, li sfidavano. "Guarda cosa so fare io!". Si sforzavano di piacere sfoggiando le loro presunte abilità, affannandosi in piccole astuzie, in scherzetti ingenui di cui erano i soli a ridere.

Gli altri bambini reagivano dandosi di gomito, schernendoli oppure, più semplicemente, li ignoravano, voltando loro le spalle.

Umiliati, incapaci di capire il perché del fallimento delle loro profferte di amicizia, Marianna e il Picci rientravano timorosi nel loro guscio e guardavano, come attraverso il vetro di una finestra, l'orizzonte inesorabilmente lontano dei giochi intriganti, ben orchestrati degli altri.

Rosi dalla gelosia, decifravano i segni dell'allegria altrui, di quel meraviglioso intrigo di parole e di gesti condivisi da cui erano, senza colpe apparenti, esclusi. E ne soffrivano. Ognuno per sé, senza osare di parlarne apertamente. Un segreto, forse l'unico, tra loro. Lasciato macerare nell'inespresso perché disagio avvilente e oscuro.

Il segreto

Finché un giorno il Picci incominciò a custodire gelosamente un altro segreto, né avvilente né oscuro a giudicare dalla letizia che s'irradiava da lui, dal suo costante buon umore e dall'allegra disinvoltura con cui affrontava qualsiasi contrarietà.

Insospettita, Marianna lo osservò lavarsi senza far storie, mangiare le minestre brodose che detestava, interrompere prontamente un gioco per fare i compiti o riordinare con cura le sue cose, obbedendo con insolita docilità alle spazientite ingiunzioni della tata. Ancor più, il Picci aveva del tutto smesso di farle dispetti e, miracolo dei miracoli, andava a letto la sera senza fiatare, mentre prima ci voleva del bello e del buono per indurlo a infilarsi sotto le coperte.

"Questo piccino è proprio un angelo!", diceva estasiata zia Maria Teresa. "Bè, è davvero migliorato", ammetteva la tata. Già adorato dai genitori, cocco di parenti e amici, il Picci si stava conquistando un trono di santità che lasciava interdetta Marianna.

Non riconosceva più il fratello, con lei era distratto, assente, i loro giochi fantasiosi e sfrenati si diradavano, l'intimità si stemperava in una sorta di svogliata indifferenza.

Era accaduto qualcosa, ma cosa? Perché il Picci era tanto cambiato? Marianna si lambiccava il cervello, ma non riusciva proprio a immaginarlo. Dopo un po' finì col rinunciare, smise di coinvolgerlo e stuzzicarlo per ripagarlo invece della sua stessa moneta trattandolo con altezzoso distacco.

"Non puoi venire con me, sei troppo piccolo", "Smettila di far rumore. Non vedi che sto leggendo?", "Vuoi giocare a carte e non distingui un fante da un re, lascia perdere!", "Non toccare le mie matite. Fai solo pasticci e me le spunti tutte per niente", "Vacci tu in giardino. Io vado in salotto dalla mamma".

Paradossalmente, messo alle strette, il Picci si riavvicinò. Con infantile perversità riprese a cercarla, a provocarla, a fare di tutto per attirare la sua attenzione. Ricominciarono i giochi e i dispetti, le scorribande nel parco, le confidenze. E una sera al tramonto, ansanti dopo una corsa, seduti con i piedi a ciondoloni sul ramo basso di un grande cedro argenteo, il Picci rivelò il suo segreto.

"Ho un amico", confessò. "Tu non lo sai, ma io ho un amico".

Marianna si stupì. "Cooome...? E io non lo conosco? Come mai non lo conosco? Dai, dimmi chi è? Qui non ho visto arrivare nessun bambino".

"Non è un bambino... bè, non proprio... ma è piccolo, ha la mia età. È molto simpatico".

"Si, ma chi è? E come fai a incontrarlo? Insomma, dove lo incontri?".

"Viene lui a trovarmi. Di notte. Arriva piano piano, di nascosto... mi sveglia e poi chiacchieriamo, ridiamo, ci abbracciamo e ci divertiamo insieme. Qualche volta mi porta via... mi prende per mano e mi porta via. Voliamo sui tetti, vediamo tante di quelle cose! Di quelle che succedono nei libri... solo che nella realtà succedono diverse. Per esempio, la statua del Principe Felice è ancora là sulla colonna, tu non ci crederai, ma io l'ho vista. Non è vero che l'hanno fatto a pezzi e che l'angelo gli ha portato via il cuore. Lui è ancora là e ha tutti i suoi gioielli e le foglie d'oro addosso e la spada... Neanche la rondine è morta... e non ha neanche freddo perché in quel posto fa sempre caldo e ci sono tante altre rondini. Lei viene a trovare il suo amico Principe come nel libro, è una rondine gentilissima, e poi si porta via qualcosa per darla a un povero, ma quello che prende ricresce subito e così è sempre al solito posto... Per la prossima volta, capisci? Così tutti sono felici, il principe, la rondine e anche i poveri...".

Il Picci si animava via via e parlava, parlava, rosso in viso, coi riccioli appiccicati sulla fronte.

Marianna invece era senza parole, incredula e sconcertata. Naturalmente, il Picci si stava inventando tutto. Nessuno vola sui tetti di notte tenuto per mano da un amico. E chi era poi questo strano amico? Interruppe bruscamente il fratello.

"No, no, basta. Non ti credo! Non ti credo! Mi stai raccontando un sacco di bugie. Chi è il tuo amico? Se vuoi che ti creda devi farmelo conoscere. Voglio vederlo, parlare con lui. E poi perché il tuo amico non può essere anche il mio? Sei un egoista, ecco cosa sei. E io ti odio e non ti rivolgerò mai più la parola".

Tormentato, giorno dopo giorno, da continue

domande e minacce, il Picci si era infine arreso e le aveva confidato il segreto dei segreti: il suo amico non era di quelli che lei poteva incontrare per la strada o in giardino o in un posto qualunque, non era neanche un bambino vero e proprio, ma una creatura *mooolto* speciale, un essere magico, venuto giù dalle nuvole in questo mondo apposta per lui, che solo lui poteva frequentare perché gli aveva detto di essere il suo "amico del cuore" e di non parlarne con nessuno.

"E' un diavolo!", aveva concluso trionfalmente, "un vero diavolo in carne e ossa, come quelli che si vedono nei libri. Solo che è un diavolo buono e non ha il forcone per infilzare la gente e buttarla nelle fiamme dell'Inferno. E poi è piccolo, è un bambino come me, con tutte le cose che ho io, faccia, mani, gambe, persino il pirillino per far pipì".

Marianna era dapprima inorridita.

"Ma i diavoli stanno appunto nell'Inferno! Non scendono affatto dalle nuvole come dici tu! E sono cattivissimi. Tentano le persone perché facciano del male agli altri, scatenano le guerre per far morire tanta gente senza confessione. Da chi credi che vengano tutti i peccati e tutte le cose brutte che succedono? Dai diavoli! Sono sicura che quel diavolo lì ti sta vicino perché vuole portarti con lui in Inferno! Forcone o non forcone! E se è vero che viene a trovarti di notte e di nascosto devi cacciarlo via subito, ma subito, prima che ci riesca. O forse ti sei inventato tutto? Dimmi che non è vero Picci, dimmi che non è vero niente!".

"E' tutto vero, invece", confermò cocciuto il Picci. "E il mio diavolo non è affatto cattivo. E' mio amico e quando mi porta a volare con lui mi fa vedere tutte le cose bellissime che tu non vedrai mai. Non capisci proprio niente. Sei stupida, stupida, stupida!".

Quel giorno il Picci troncò così, di netto, la sua rivelazione e, per un po', tenne il broncio alla sorella. Poi, una sera, le si avvicinò con un'aria solenne da persona grande e le chiese di giurare sulla sua testa o sulla testa della mamma, a scelta, che non avrebbe mai e poi mai rivelato a nessuno, a nessuno al mondo, il suo straordinario segreto.

"Alza la mano e giuralo!", le ingiunse. "Ho sbagliato a parlarti del mio amico. Gli avevo giurato che non l'avrei detto a nessuno e invece l'ho detto a te. Adesso devi giurare tu, se no lui mi abbandonerà e io ti odierò per sempre, per sempre!".

Marianna giurò. Ma a quel punto, se tutto era vero, come dominare la divorante curiosità di conoscere il misterioso amico del Picci? E come evitare di rodersi di gelosia per quell'amico che lui aveva e lei no?

Marianna almanaccava trucchi su trucchi, faceva al Picci promesse su promesse per indurlo a cedere, ma il Picci, testardo, le raccontava, sì, le avventure meravigliose che viveva col piccolo demone, ma rifiutava di condividerlo con lei.

Intanto passavano i giorni e mentre dal fratello sprizzava un' aura di gioiosa allegria, Marianna era sempre più indispettita e scontenta.

Perché lui sì e lei no? Viveva quell'incomprensibile e ostinato rifiuto del Picci come un vero e proprio tradimento nei suoi confronti. Era gelosa non solo del fatto che lui avesse un amico, ma che preferisse qualcun altro a lei, che la tralasciasse per qualcun altro. E per un diavolo poi!

Più volte pensò di rompere il giuramento e di punire così il fratello fedifrago. E un giorno, infuriata, avrebbe divulgato a tutti seduta stante e con gran clamore il colpevole segreto del Picci se, proprio quel giorno, non fosse capitata una tragedia che li sconvolse entrambi.

Sofferenza innocente

Quel giorno Lussuria si ammalò. Lussuria era il cane di casa. L'aveva trovata lo zio Dante, il dandy, l'allegro libertino della famiglia, una mattina, all'alba, di ritorno da una notte vagabonda. Piccola e nera, con languidi occhi da cocker, si era strofinata a lungo, teneramente, contro i suoi pantaloni e gli aveva leccato con garbo le scarpe infangate.

Lo zio Dante era stanco, un po' brillo e piacevoli ricordi frullavano nella sua mente come ali di farfalla. "Vieni Lussuria", le aveva detto distrattamente e lei lo aveva seguito obbediente fino a casa. Lì era rimasta, eleggendo a sua dimora un angolo della legnaia e portando con dignità il peso del suo nome peccaminoso (che lo zio Dante, suo autoproclamato padrone ufficiale, si rifiutava ostinatamente di cambiare) e del suo infelice passato di cane bastardo e randagio.

I bambini, entusiasti del nuovo arrivo, si erano subito affezionati alla cagnolina, le portavano da mangiare ogni giorno, anche nascondendosi in tasca parte del loro cibo, e giocavano allegramente con lei, correndo e saltando nel grande prato dietro la casa. E poi le carezze, gli abbracci pelosi, i tentativi maldestri di farla entrare in camera loro da dove veniva regolarmente cacciata, il furto delle spazzole per capelli per lustrarla come si doveva, il ricambiato amore.

Ma quel giorno, appunto, Lussuria si ammalò.

I bambini la chiamarono a lungo invano e la cercarono con crescente apprensione prima di trovarla rannicchiata sotto un cespuglio di ortensie, immobile e tremante, il pelo ispido e arruffato anziché morbido e setoso come sempre. Agitò appena la coda, tentò di sollevarsi sulle zampe e con un debole guaito si accasciò nuovamente. I suoi occhi disperati invocavano aiuto. Marianna e il Picci, accovacciati nell'erba, la guardarono a lungo preoccupati.

"Che cos'hai Lussuria? Dove ti sei rotolata per conciarti così? Cosa c'è cara Lussuria? Sei malata? Sei ferita? Ti hanno fatto del male?".

La vocina del Picci accompagnò il gesto della mano, tesa in una carezza. Ma la bestiola guaì e si ritrasse.

"Ha male. Non vuol essere toccata", bisbigliò Marianna, "ma non credo sia ferita. Guarda, non c'è neanche un po' di sangue. Lussuria, ti prego, non spaventarci. Stai male e non puoi parlare poverina te... Vieni Lussuria, vieni bello cane, non aver paura. Non puoi stare qui tutta sola al freddo. Lussuria fai la brava, ti prego, vieni fuori…".

La bestiola la guardava tristemente ma non si muoveva. Solo quell'orribile tremito che si trasmetteva ai rami più bassi delle ortensie e arrivava ai bambini in lunghe vibrazioni di foglie. Marianna tese la mano verso il suo musino nero e inaspettatamente sentì la sua lingua calda sul palmo aperto.

"Mi ha leccata! Mi ha leccata! Pensa, mi ha leccata! Che tenera!".

Si protese di nuovo verso di lei e questa volta le sfiorò dolcemente il capo. Lussuria ululò disperatamente, contorcendosi in un frenetico tentativo di fuga. Infine si rovesciò su un fianco e lì giacque scossa da un tremito sempre più convulso. Spaventata e colpevole Marianna balzò in piedi. "Dobbiamo dirlo ai grandi, subito. Loro sanno cosa fare quando si è malati".

Ma il Picci non si mosse. "Vai tu" disse, "io sto qui con lei a farle compagnia".

Piena di angoscia Marianna corse via, inciampò, cadde e riprese a correre. Lo scalone di casa le parve freddo e sconosciuto e così il buchirale e il corridoio che portava alle stanze dei grandi. Trovò lo zio Dante che fumava la pipa, stravaccato su un sofà con un libro in mano. La sua insolente tranquillità colpì Marianna che la paragonò mentalmente alla sofferenza del cane, là fuori, sotto le ortensie.

"Lussuria sta molto male", annunciò ansante. E mentre parlava si accorse di quanto poco esprimevano le sue parole e di quanto poco dovevano significare per l'adulto che le stava di fronte. "A sì?" rispose distrattamente lo zio, "E lo dici a me? Vai dalla tata, vai per favore. Non vedi che ho da fare?".

Allora Marianna cercò la madre e la trovò in camera sua intenta a metter ordine nei cassetti dove, come al solito, aveva accumulato a casaccio di tutto un po'. Pile di biancheria intima, calze, medicine, lettere, fotografie, ritagli di giornale, borsette, golf, sciarpe e oggetti vari ingombravano il grande letto in pittoresco disordine e un vago profumo di lavanda impregnava l'aria. Marianna si sentì rinfrancata. Lì tutto era come sempre: la mamma trafficava, la preziosa scatola dello zucchero, merce più che rara, troneggiava sull'alto cassettone e le carte di papà giacevano sparse sulla scrivania. "Non può succedere niente a Lussuria", si disse, "la mamma non lo permetterà". Riprese fiato e si piazzò davanti a lei, incrociando come al solito i piedini.

"Tieniti bene per favore. Come te lo devo dire che ti verranno le gambe storte se continui a posare i piedi in quel modo". Dal suo tono Marianna capì che non era di buon umore. "Lussuria sta molto male", annunciò, "l'abbiamo trovata tutta tremante sotto le ortensie, piange, si lamenta e non si lascia toccare".

La madre si fece subito attenta. "Dov'è il Picci?" chiese. "E' con lei. Le parla…le tiene compagnia". "Santo cielo! Vado a prenderlo. E tu resta qui. Non dovete assolutamente toccarla! Non sappiamo che cos'ha. Potrebbe mordervi e trasmettervi una malattia mortale… Me ne occuperò io. Voi state alla larga per carità".

Corse via e Marianna la sentì chiamare il Picci più volte. Era spaventata la mamma e, per Lussuria, chiamò in aiuto la tata. Le portarono una ciotola d'acqua che non bevve e questo parve spaventarle entrambe ancora di più. Ma si rivelò impossibile mandar via i bambini. Al sicuro a qualche metro di distanza, silenziosi, impietriti, fissavano la bestiola malata con una tristezza e un'angoscia crescenti. Tenendosi per mano, dolorosamente consci della loro impotenza, si ribellavano a quell'ingiusta sofferenza innocente, mentre la loro piccola amica continuava a guardarli, da lontano, pietosamente sola, e sembrava chiamarli con guaiti strazianti, sempre più deboli e disperati.

Dopo un'ora arrivò il veterinario del paese cercato in tutta fretta e disse che non c'era niente da fare, bisognava abbattere il cane. I bambini non udirono la sentenza, fu detto loro che il "dottore" avrebbe fatto a Lussuria un'iniezione che l'avrebbe fatta star meglio. Videro però la loro compagna di giochi tanto amata subire l'iniezione con un gemito, contrarsi in un ultimo terribile spasimo e giacere immobile con la lingua rosea pendente fuori dal musino nero.

"Cosa succede?" bisbigliò il Picci, stringendo la mano di Marianna fino a farle male. "Non è vero che sta meglio! Non si muove più. Lussuria…Lussuria…" .

Fece per lanciarsi verso la cagnolina e fu bloccato dalla tata. "Non fare così Picci… Fermati. Adesso sta bene… E' in Paradiso… Con tanti angioletti che le stanno intorno. Non lo sapevi che anche i cani, se sono buoni, vanno in Paradiso? Su, vieni via Picci, vieni via. E' tutto finito".

Marianna in lacrime non si era mossa. Aveva capito. Lussuria era morta, L'iniezione l'aveva uccisa. Sentiva un grande gelo invaderla. Mai più Lussuria, mai più. Era davvero tutto finito.

Il dolore per la perdita avvicinò per qualche giorno i fratelli, ma poi, mentre Marianna continuava a piangere in solitudine per Lussuria, il Picci trovò consolazione nel suo amico notturno, il piccolo demonio. E tornò a sorridere beato, senza curarsi delle pene della sorella.

La misura era colma. "E' un verme senza cuore!" s'infuriò Marianna, sicura com'era che i vermi non avessero un cuore, "ma adesso basta! Gliela faccio proprio pagare io!".

Approfittò della prima occasione in cui lei e la madre si trovarono sole per dar seguito alla vendetta a lungo meditata.

"Mamma, devo dirti una cosa… ho giurato di non dirtela, ma non posso, non posso… ho tanta paura mamma…".

"Che cosa c'è piccola, cos'è che ti spaventa tanto?".

"Oh mamma, tu non lo sai ma sta succedendo qualcosa al Picci, qualcosa di male, di malissimo. Non so come dirtelo… ho davvero paura, paura per lui… prego tutte le sere perché finisca, ma non finisce… Il Picci vede il diavolo tutte le notti, mamma! Un vero diavolo. Dice che va a trovarlo di nascosto nel suo letto e dorme con lui e lui lo tocca e si abbracciano e il diavolo è peloso e ha le corna e gli zoccoli. E' proprio un diavolo mamma! Il Picci mi ha raccontato tutto e mi ha fatto giurare di non dirtelo. Lui ha paura che il diavolo scappi e non venga più. Dice che è suo amico e che si divertono insieme. Ma io ho paura che lo trascini in Inferno. Non so cosa fare, mamma. Per questo lo dico a te. Non credi anche tu che il Picci sia in pericolo?".

Ecco, aveva rivelato tutto. Aveva "fatto l'uovo" come

diceva la tata di fronte alla piena confessione di un misfatto. Adesso il Picci si sarebbe preso come minimo una bella sgridata. Per il diavolo che rischiava di trascinarlo in Inferno o, in alternativa, per le stupide bugie che raccontava senza vergogna. Comunque quella brutta storia sarebbe finita e tutto sarebbe tornato come prima.

Marianna era così soddisfatta della sua vendetta che non si accorse dell'improvviso irrigidimento della madre, del suo viso contratto, del suo sguardo come perso nel vuoto. Le parve solo che avesse la voce un po' alterata quando le rispose:

"Hai fatto bene a parlarmene, tesoro. E' grave che il Picci abbia di queste fantasie. Ma non preoccupartene più. Penserò io a lui e vedrai che andrà tutto bene".

Matrimonio d'amore

A diciannove anni Sofia era un fior di bella ragazza, una di quelle rare creature di sesso femminile che piacciono ai giovanotti come alle loro madri. I primi sognando di trascinarla in un boschetto per frugare tra le pieghe dei suoi vestiti, le seconde immaginandola a sfornar crostate e biscotti per uno stuolo di pargoli belli e sani come lei. Snella e aggraziata, con un incarnato smagliante e occhi allungati da cerbiatta, incedeva danzando sulle lunghe gambe, i folti capelli castani ondeggianti sulle spalle e gli alti seni appuntiti a forare la più ampia delle camicette.

Con ciò, totalmente ignara del suo fascino, aveva i modi ingenui e fiduciosi di una bambina e l'affettuosa naturalezza di un cucciolo giocherellone. I fratelli la chiamavano "la rana dalla bocca larga" per le frequenti risate che mostravano tutti e trentadue i suoi candidi denti. Ma, anche da seria, la sua bocca piena e generosa s'incurvava all'insù con inconscia allegria, in un'incantevole smorfietta clownesca.

"Sei una tirabaci", le diceva il padre ammonendola col dito.

"Macché tirabaci!", protestava la madre. "Vuoi forse insinuare che tua figlia è una civetta? Lei è la nostra cavallina di razza!".

Infatti, di baci Sofia se ne intendeva poco, sorvegliata a vista da tre fratelli gelosi e possessivi e troppo impegnata nelle sue molteplici attività per indulgere a simili "svenevolezze". Non solo trafficava in casa, dove la madre, da buona borghese avveduta di stampo tradizionale, l'aveva iniziata a tutti i segreti domestici, ma, grazie ai fratelli più grandi che se l'erano palleggiata senza alcun riguardo sin dalla prima infanzia, era rotta a tutti gli sport e ai ruvidi giochi da maschiaccio, forte e vigorosa malgrado l'apparente delicatezza delle membra. Frequentando per lo più i loro amici, ragazzoni altrettanto semplici e sportivi, conosciuti da sempre, non aveva mai sentito il suo cuore accelerare i battiti. Né gli anni di studio in un collegio di suore francesi, molto più indulgenti in fatto di sapere che di moralità, l'avevano preparata sull'argomento.

Quanto alle sue amiche e compagne di scuola, erano come lei "ragazze di buona famiglia" che i genitori si piccavano di tenere all'oscuro, o quasi, dei fatti della vita. Nel loro vivace chiacchiericcio *pissi pissi bau bau*, con interscambio di piccoli segreti, i baci erano il punto culminante dei romanzetti rosa letti di nascosto e appartenevano al regno dei sogni come il matrimonio con il "grande amore". La volta che una ragazzina più evoluta delle altre aveva osato affermare che i baci veri si davano lingua in bocca, la reazione delle compagne era stata incredula. "Ma figurati! Che schifezza! Come si fa con la saliva?".

In seguito, finita la scuola, per Sofia due o tre bacetti frettolosi c'erano stati, sì. Rubati da un unico giovanotto, a distanza... stagionale. L'inverno precedente su una pista da sci, poi d'estate, in spiaggia, dopo il rituale bagno di mezzanotte e, di recente, a un ballo. Contatti fugaci, emozioni effimere, spente sul nascere dalla calma piatta del cuore e dall'affetto protettivo della famiglia.

Eppure Sofia sapeva che quel giovanotto era il suo probabile futuro marito. Giorgio, l'aitante e innamorato Giorgio, figlio dei più intimi amici dei suoi genitori e compagno inseparabile del maggiore dei suoi fratelli. Un cavalier servente che le altre ragazze le invidiavano perché possedeva, unico del gruppo, una lussuosa automobile anziché dover ricorrere di straforo a quella del padre.

Non c'era nulla di ufficiale ancora e nessuno si sognava di accennare lontanamente alla cosa, ma un tacito accordo, una placida benevolenza planavano nell'aria, consentendole di frequentarlo con una certa assiduità, anche senza altri accompagnatori. Lui non ne approfittava, onorato della fiducia accordatagli e poco desideroso di fare a pugni con l'amico del cuore per un inutile sgarro. Aspettava fiducioso e a Sofia l'idea di sposarlo, un giorno o l'altro, non dispiaceva affatto. Un'idea nebulosa per la verità, su cui raramente si soffermava, ma che la rassicurava sulla prospettiva di avere i dodici figli e i quattro o cinque cani che, nella fantasia, popolavano il suo futuro.

Invece, contro ogni ragionevole previsione, il destino rimescolò le carte. Accadde a un ballo, dove Sofia era andata, tra l'altro, malvolentieri perché si sovrapponeva alla festa di compleanno di una sua compagna di scuola.

Nelle sale gremite e scintillanti di luci, per tutta la sera si sentì osservata. Ma, occupata a ballare e a chiacchierare, immersa nella goliardica allegria del solito gruppo di giovani, non era riuscita, malgrado un certo disagio da sesto senso, a identificare l'intruso.

Poi improvvisamente lo identificò. L'orchestra si era concessa un attimo di tregua e lei ne aveva approfittato per andare alla toilette. Stava rientrando nel salone quando lo vide. Uno smilzo giovanotto bruno di media statura, con corti baffi, zigomi alti e occhi felini inequivocabilmente verdi. Occhi da predatore, in quel momento fissi su di lei con un'intensità che le fece correre un brivido lungo la schiena. Incontrando il suo sguardo il giovanotto sorrise e il suo viso si addolcì diventando, pensò incongruamente Sofia, più... umano. Fendendo agilmente la folla, lo sconosciuto le fu accanto in pochi attimi.

"Mi chiamo Cesare Salvati", disse con una voce dal timbro basso, leggermente nasale, "e sono ore che desidero fare la sua conoscenza. Mi concede questo ballo?".

Il carnet di Sofia era pieno e lei stava per dirglielo, quando lui le posò una mano sul braccio facendole correre lungo la schiena un secondo brivido. Si ritrovò tra le coppie danzanti senza aver pronunciato una sola parola, sospinta, in un attimo, all'estremità del salone aperto sul giardino. Solo allora il suo cavaliere le cinse la vita e cominciò a ballare.

Sofia ballava bene, da sportiva abituata a coordinare i

movimenti, ma tra le sue braccia le parve di volare. Non la stringeva pesantemente come facevano i giovanotti di sua conoscenza. Piuttosto, la guidava con tale autorità e sicurezza da coinvolgere l'intero suo corpo nella lieve pressione delle dita. La condusse fuori, nell'ombra del portico, e lì ballarono a lungo, soli, in silenzio, fino all'ultimo walzer prima del buffet. Quando la musica tacque, lui la lasciò andare.

"Immagino che la nostra serata finisca qui", disse, "ma verrò a trovarla domenica, se permette. Nel pomeriggio verso le cinque, potrebbe andar bene?". Come in trance, Sofia mormorò: "Non le ho neanche detto il mio nome. Come potrà ritrovarmi?".

Il giovanotto la guardò dritto negli occhi, di nuovo con quella sua aria intenta da predatore."Crede forse che non mi sia informato? So molte cose di lei, Sofia Merigo, compreso naturalmente il suo indirizzo. Spero solo che i suoi terribili fratelli non mi accolgano... a fucilate. Passerò il resto della serata con loro, a percorrere la via dell'amicizia".

Così fece. Sofia seguì da lontano le sue manovre finché, poco prima di rientrare a casa, suo fratello Giacomo la chiamò.

"Vieni, sorellina, voglio presentarti Cesare Salvati, sai, è quell'amico di Enrico che ha vinto il torneo di tiro l'anno scorso. Dodici piccioni su dodici e solo due di seconda. Parola mia, un campione, un vero campione! Gli ho detto di venire da noi domenica per un tiro al piattello. E tu, tesoro, ci preparerai le tue deliziose tartine". Così era stato e, da allora, Cesare era diventato un ospite abituale di casa Merigo.

Educato e cortese con tutti, nulla traspariva in pubblico del suo interesse per Sofia che, invece, lo aspettava con ansia, sentiva acutamente la sua presenza e coglieva ogni occasione per stargli fisicamente vicina.

Turbata e incerta, non riusciva a dominare il tumulto che le cresceva dentro, un coacervo di sentimenti e di emozioni che non osava definire innamoramento, ma che somigliava pericolosamente a quanto aveva letto e sentito dire sul tema. Poi, un giorno che si ritrovarono casualmente soli, Cesare le chiese d'incontrarla a Milano.

"Danno la *Bohème* alla Scala", disse. "Se la sua amica Lucia la ospitasse per la notte, potremmo andarci insieme e, l'indomani, far colazione al mio club. La riaccompagnerei io stesso in macchina, con Lucia come chaperon", aggiunse ironicamente. "Ho sentito che viene da voi per il fine settimana".

Aveva programmato tutto e Sofia, eccitata e felice, lo assecondò. Non disse nulla della *Bohème* alla Scala, ma chiese di andare dall'amica il giovedì "per le prove dalla sarta". "Il Salvati" (così lo chiamavano in famiglia) le avrebbe gentilmente riportate in campagna il venerdì e si sarebbe fermato per il tiro al piattello del sabato.

La serata all'opera fu per Sofia un punto di svolta, di netta e definitiva rottura con la sua vita precedente.

Occuparono un palco da soli e, già durante l'*Ouverture*, Cesare accostò la sedia alla sua e le cinse la vita con un braccio. La sua stretta da tenera si fece più pressante. La mano risalì a sfiorarle i seni e lei, stregata, seppe solo chinarsi contro la balaustra per nascondere il gesto e consentirgli di continuare. Lui le abbassò il vestito quanto bastava per farne emergere un capezzolo e la sensazione fu tale che Sofia dovette mordersi il labbro per non gemere. Al secondo atto la mano di lui risaliva carezzevole lungo la sua gamba, al terzo le s'insinuava tra le gambe cercando il grembo. Al quarto atto Sofia sperimentava il suo primo incontro con il piacere e fu Cesare questa volta a impedirle di gemere, premendole un fazzoletto sul viso come ad asciugare lacrime di commozione per l'infelice sorte di Mimì morente di tisi. Il buio del teatro li protesse e nessuno dei due disse una sola parola.

Durante gli intervalli, lui si era comportato col cortese distacco di sempre, le aveva offerto lo champagne di rito, aveva commentato le voci dei cantanti e la direzione d'orchestra, paragonando Mimì alla Violetta di *Traviata* e mettendo in luce le profonde differenze di concezione musicale e teatrale tra Puccini e Verdi. Sofia, il viso arrossato e gli occhi lucidi, lo aveva ascoltato con apparente attenzione e compostezza.

Finita l'opera, lui la riaccompagnò a casa dell'amica in meditabondo silenzio, baciandole cerimoniosamente la mano sulla porta di casa. Convinta in cuor suo di non riuscire a dormire per l'intera notte, Sofia sprofondò invece subito in un sonno profondo. Nessun rimorso. Solo un'invasiva felicità. "Meraviglioso...meravigliso...".

L'indomani, quando lo raggiunse al Club, Cesare era di spalle, davanti alla consolle dei giornali che sfogliava distrattamente passando in rassegna i titoli.

Sofia non osò chiamarlo. Giocava con l'attimo. "È lui!". Consapevolezza paralizzante. "Lui... lui... lui...". La giacca un po' stazzonata, quel non so che di noncurante nella posa, di aristocratico nella figura snella e nella nuca sottile, il lieve arricciarsi dei capelli... E quell'impercettibile emanazione di forza, quell'aura di energia contenuta pronta a scattare... "Se morissi adesso non vedrei mai più il suo viso", pensò assurdamente Sofia. "Se morissi adesso...".

Presa dal panico, si avvicinò senza far rumore e lo toccò. Lui si volse, le sorrise e il suo viso era come lo ricordava e lei era ancora viva! Perché quel doloroso senso di urgenza, d'incombente fine del mondo?

Il cibo la riportò con i piedi per terra, ma desiderava intensamente che Cesare parlasse, che le dicesse cosa provava per lei, cosa ne sarebbe stato di loro due. E invece lui evitò con cura l'argomento e la tormentò con discorsi futili d'altra natura. Il suo sguardo da predatore costantemente fisso su di lei rivelava qualcosa, ma cosa? Durante il ritorno a casa, i tre giovani risero e scherzarono come sempre, poi ci fu un sabato uguale agli altri e la domenica Cesare ripartì.

Due giorni dopo, a sorpresa, tornò per chiedere ufficialmente la mano di Sofia.

Naturalmente, tutti si erano già accorti che lei si era innamorata del nuovo venuto. Da settimane pendeva dalle sue labbra, si faceva bella per lui chiudendosi in bagno per ore, a tavola spilluzzicava appena, i pensieri altrove e lo sguardo perso nel vuoto. Leggeva puntigliosamente tutti i libri che lui le prestava ed era diventata, lei così efficiente e precisa nelle incombenze quotidiane, di una distrazione che aveva dell'incredibile, unita a una sorta di sognante languore che sua madre, esasperata, definiva "pura pigrizia".

"Strane creature le donne", commentavano i fratelli. E la sorvegliavano più che mai, pur trattandola con precauzioni inusuali, quasi fosse una malata grave.

Nessuno ignorava, in verità, che anche Cesare era innamorato di Sofia e che tiri al piattello e partite a tennis erano solo pretesti per rivederla. Tutti immaginavano inoltre come sarebbe andata a finire, perché nessun ragionevole motivo, tranne uno, ignorato dai famigliari di Sofia, poteva opporsi al matrimonio dei due giovani.

Cesare era di antica e rispettabile famiglia milanese, figlio unico di madre vedova, erede di un solido patrimonio terriero; era avvocato e lavorava presso uno studio affermato; non gli si conoscevano vizi né intemperanze, era straordinariamente colto, aveva uso di mondo e chi lo conosceva spergiurava sulla sua affidabilità.

Le obiezioni si riducevano a due: la giovinezza di Sofia e la delusione di Giorgio, disperato e rabbioso come solo può esserlo un ventiduenne viziato, troppo bello, troppo ricco ed eccessivamente sicuro di sé. Sofia rifiutava di parlagli, ma, impietosita, incaricò i fratelli di farlo in sua vece. Compito dei più sgraditi, assolto di malavoglia solo dopo la formale domanda di matrimonio.

"Caro figliolo, vorrei risponderti con un rifiuto", aveva detto a Cesare il padre di Sofia, "perché perdere nostra figlia così presto è per noi un dolore. Ma se lei è d'accordo, e temo che su questo non vi siano dubbi, avete la mia benedizione".

Allora Cesare cercò l'ancora ignara Sofia. "Vieni con me", le disse, dandole per la prima volta del tu. Entrò con lei nel salottino sul retro della casa, di cui chiuse accuratamente la porta a chiave, poi la prese tra le braccia, le chiese "Vuoi sposarmi?" e la baciò senza neanche attendere la risposta. Sofia si protese di slancio verso di lui, spinta da un'inconscia volontà di appagamento dopo tanti ansiosi e immaginifici castelli in aria. Fu Cesare a staccarla da sé.

"Naturalmente ho già parlato con tuo padre. Quanto tempo ti ci vuole per la chiesa, il vestito, il ricevimento? Di queste formalità io me ne infischio. Voglio solo te e al più presto. Ma non dobbiamo contrariare la tua famiglia. A meno che tu non desideri essere rapita...", aggiunse col suo solito sorriso ironico.

Sofia lo desiderava, ma non lo disse. Supplicò invece sua madre di fare in fretta... in fretta... Gli annunci in chiesa, gli inviti da stampare e spedire, il buffet da organizzare, il vestito da sposa.

"Lo voglio semplice, mamma, semplicissimo. Può farlo

chiunque. Basterà il tuo velo a renderlo meraviglioso. Ti prego... ti prego...".

Si sposarono al tempo del raccolto, con i contadini in festa nel parco, oltre duecento invitati che si accalcavano nella grande casa, la banda del paese che suonava in modo assordante. "Scappiamo", disse a un certo punto Cesare. E la trascinò via, nella loro macchina nuova fiammante, regalo dei genitori, poco prima che esplodesse la "bomba", che il segreto accuratamente custodito per mesi venisse svelato, com'era ovvio accadesse prima o poi.

Un camerata del padre, perso di vista da alcuni anni, gli si avvicinò, mezzo brillo, ridendo fragorosamente:

"Tu, vecchio marpione d'un borghese, dare tua figlia a un noto antifascista! Tu, proprio tu! L'ardito della marcia su Roma. Il fedelissimo del Duce, il rivoluzionario della prima ora... Devo dire che non me l'aspettavo proprio... È tutto da ridere... Tu, tu, suocero di un maledetto traditore... Pazzesco! Dai, beviamoci su, qui ci vuole un brindisi speciale!".

Stupefatto, il padre di Sofia reagì dapprima con freddezza. "Sei ubriaco. Non sai quello che dici. Ti prego di non diffondere in giro queste sciocchezze".

Ma l'altro insistette. "Tuo genero è schedato dalla polizia per le sue attività sovversive. Per ora non è mai stato colto con le mani nel sacco, ma prima o poi finirà al confino, se non in galera. Intrattiene rapporti con i fuoriusciti e si sospetta che scriva articoli corrosivi su alcuni giornali esteri. Sotto falso nome, naturalmente.

Inoltre, mente come respira. Non è vero che esercita la professione di avvocato. Non ha la tessera del Partito e nell'Albo non figura. Può darsi che lavori per uno studio legale, ma clandestinamente e guadagnando poche lire. È mai possibile che tu non sappia queste cose? Scusa, ma non ti sei informato su di lui prima di prendertelo in casa? Ti dico che è un nemico giurato del Duce, un attivista antifascista che trama contro l'Italia".

Altri amici assistevano al colloquio e il padre di Sofia sentì montare dentro di sé una rabbia cieca, alimentata dall'impotenza.

"È evidente che non mi sono informato abbastanza", ammise bruscamente, "e spero ancora che tu ti sbagli. Se ciò che dici è vero, farò tutto il possibile per riprendermi mia figlia". Girò sui tacchi e se ne andò. Sarebbero passati oltre due anni prima che l'intempestiva rivelazione maturasse i suoi frutti avvelenati, ma la ferita era ormai insanabile.

Colpo di fulmine

Cesare aveva cinque anni quando la Grande Guerra si era portata via suo padre e non riusciva a ricordarne chiaramente l'aspetto che pure gli balzava agli occhi dalle tante fotografie sparse ovunque per la casa: suo padre giovanissimo a cavallo, suo padre con sua madre il giorno del loro matrimonio, suo padre in divisa da capitano, suo padre su una pista da sci, senza racchette e con sci lunghissimi, suo padre sorridente in un gruppo di amici, suo padre sul ponte di una nave, sempre con la moglie accanto e il mare di sfondo, suo padre con lui in braccio... Molte erano le foto con sua madre e con lui, prima neonato poi bambino, molte le foto da militare, compresa l'ultima, scattata, a quanto poi gli era stato detto, da un commilitone il giorno prima della morte.

Anni dopo Cesare ricordava invece perfettamente le sensazioni legate alla sua breve presenza: la ruvidezza pungente della barba quando lo baciava con foga sulle guance e sul collo, il rassicurante calore del corpo quando, malgrado le proteste della mamma, lo rapiva dal suo lettino e se lo portava nel lettone coniugale abbracciandolo stretto per tutta la notte, il profumo d'acqua di colonia che emanava da lui, l'avvolgersi della grande mano sulla sua quando andavano a spasso insieme, il fragore della risata, l'odore di tabacco dei vestiti, il timbro alto e sonoro della voce quando cantava o recitava filastrocche per lui...

Cose così. Non legate alla sua immagine raffigurata e ufficiale, ma al grande amore che li aveva uniti, sperimentato per poco e incollato al suo animo per sempre.

Sua madre non si era mai ripresa da quella perdita e l'infanzia di Cesare ne era stata segnata. Aveva impresso nella mente il suo viso gonfio per le lacrime eppure scheletrito, i vestiti lunghi e neri che avevano sostituito le mussole leggere cosparse di fiori, le sete azzurre e i lini bianchi che esaltavano la sua bellezza di bruna, le sue lunghe sparizioni nella camera da letto chiusa a chiave, i pasti veloci consumati da solo, l'attesa vana del solito bacio della buonanotte, la freddezza degli incontri occasionali con lei che sembrava sfiorare appena con lo sguardo la sua piccola persona, cercando oltre lui, nel vuoto, qualcuno che non c'era più.

Avevano vissuto come prima, a Milano, nel grande appartamento arredato con tanti divani, tavoli e quadri, prima brulicante di amici e di vita, poi vuoto e come sbiadito dal tempo e dalla mancanza di cure. Cesare aveva la sua cameretta e vi si rifugiava come un animaletto nella tana. Ma anche lì, in mancanza di nuovi regali e nuovi giocattoli, nulla lo rallegrava.

Le cose cambiarono progressivamente durante gli anni di scuola. Malgrado la sua natura riservata riuscì a farsi numerosi amici e diventò il beniamino dei maestri prima e dei professori poi, grazie all'impegno che metteva negli studi e alla sua particolare disponibilità e gentilezza nei confronti di tutti. Primeggiava senza vantarsene, aiutava i compagni, si assumeva volentieri piccoli compiti come il riordino della biblioteca di classe e non era mai, mai assente, anche se infreddato e febbricitante. Del resto, chi si sarebbe preoccupato di tenerlo al caldo in casa? C'era una governante, legatissima alla madre e preoccupata solo di lei, e c'erano anche un cameriere e una cuoca, nessuno dei due addetto alla sua insignificante persona. I suoi vestiti erano sempre lavati e stirati a dovere, i pasti erano puntualmente serviti e tanto bastava.

C'erano poi le sospirate vacanze estive dall'affettuosa e allegra zia Maria Teresa che aveva sposato un nobiluomo viennese e viveva felicemente con lui in Austria, tra balli, gite in montagna e pesca alla trota. E c'erano le saltuarie, divertenti visite dello zio Dante, unico fratello di suo padre, che viveva a Roma ed era, si diceva, dedito al libertinaggio. Zio Dante lo portava al ristorante, gli comprava vestiti nuovi, lo intratteneva con storie inverosimili di personaggi che solo lui conosceva e che avevano vite straordinariamente avventurose. E aveva la stessa voce, la stessa risata fragorosa del padre mai dimenticato.

Col passar del tempo la salute e lo stato d'animo della madre erano migliorati e si era ristabilito tra loro un rapporto affettivo, fatto di dialoghi amichevoli a tavola, di richieste di notizie sui suoi studi e i suoi compagni, di qualche carezza sui riccioli ribelli e di imbarazzati, timidi abbracci. Ma ormai Cesare era un adolescente pieno di vita, di desideri e di ambizioni, impegnato nei molteplici sport che si era scelto e aveva coltivato da solo per colmare i vuoti lasciati dallo studio. Quindi passava gran parte del tempo fuori casa e aveva più familiarità con gli amici che con sua madre.

Lo Stato-Regime fascista era ormai diffuso e dominante, a scuola come nella società in generale, e Cesare dapprima non aveva avuto particolari obiezioni in proposito ricordando i violenti disordini *"rossi"* che avevano minacciato anche la loro proprietà di campagna, con energumeni che agitando ogni sorta di armi improvvisate urlavano sotto la sua finestra *"Con la pelle dei signori faremo le suole delle nostre scarpe"*. Aveva pensato, in quel frangente, di dover difendere sua madre dalla loro furia e si era persino armato di un affilato coltello da cucina prima di piazzarsi dietro il pesante portone di casa.

Tuttavia, al liceo cominciarono le reazioni di rigetto: l'insofferenza per le adunate, l'irregimentazione e i discorsi roboanti, uniti a un giudizio morale negativo sulle leggi speciali, la decadenza dei deputati dell'Aventino, lo scioglimento dei partiti politici e l'istituzione del Tribunale speciale.

Era un primo, emotivo rifiuto del fascismo, alimentato dall'amore per i classici, dalla scoperta della filosofia e, soprattutto, dall'insaziabile avidità culturale che lo aveva spinto a esplorare a fondo la biblioteca di suo padre, liberale giolittiano ma fervente cattolico, lettore di Rosmini e Gioberti. In quella stanza rivestita di scaffali e mensole Cesare scoprì i romanzieri russi e francesi e divorò, tra gli altri, tutti gli scritti disponibili di Benedetto Croce. Infine, cercando il simile, si legò di particolare amicizia con un ragazzo il cui padre lavorava al *Popolo*, giornale che aveva come direttore il famoso Giuseppe Donati, appartenente al Partito Popolare e noto antifascista.

Grazie a loro e a un fortuito incontro con Edgardo Sogno, giovane monarchico liberale colto e aristocratico, antifascista impegnato oltre che personaggio del bel mondo, poi grande e intrepido resistente che divenne suo amico per la vita, Cesare maturò quella passione civile e politica che non lo avrebbe più abbandonato.

Purtroppo, quegli anni, 1926, 1927, furono quelli della grande emigrazione degli antifascisti all'estero, soprattutto in Francia, a causa non solo delle minacce squadriste, ma del rifiuto di concedere, con il forzato silenzio, una specie di avallo al regime. Don Sturzo, abbandonato dalla Santa Sede che non voleva turbative nel rapporto con Mussolini in vista di futuri accordi favorevoli alla Chiesa, se ne era già andato un anno prima. Lo seguirono poi Salvemini, Sforza, Treves, Saragat, Turati, Modigliani, Nenni, Pacciardi, Amendola e tanti altri antifascisti noti, tra cui proprio Giuseppe Donati e con lui i nuovi amici di Cesare.

Allora l'appassionato diciassettenne, aiutato dal piemontese Edgardo Sogno, si diede da fare per trovare altri punti di riferimento nei piccoli gruppi d'opposizione rimasti in Italia e riuscì infine a collaborare attivamente alla lotta che si combatteva ormai dall'estero più che sul territorio nazionale. Si ritagliò un compito pericoloso, ma semplice: far entrare clandestinamente in Italia le opere dei fuoriusciti pubblicate all'estero: opuscoli, programmi, manifestini, lettere. L'università gliene fornì i mezzi. Iscritto a Giurisprudenza a Milano, Cesare s'iscrisse a corsi di studio anche a Parigi e, come studente, viaggiò avanti e indietro in relativa tranquillità, badando solo a frapporre intervalli sufficientemente lunghi tra un'andata e un ritorno.

Per non correre rischi di sequestro dei preziosi materiali clandestini e di relativo arresto, s'inventò via via i trucchi più ingegnosi riempiendo false copertine e false rilegature dei libri di studio o doppi fondi di cestini da pic nic colmi di *baguettes*; al minimo accenno di pericolo le cercava rovistando e le addentava vigorosamente come un qualsiasi studente affamato.

Fosse per abilità, fosse per pura fortuna, riuscì a cavarsela. Infine, dopo la laurea e dopo essersi "imboscato" in uno stimato studio di avvocati, non potendo esercitare di persona, cominciò lui stesso a scrivere e a tessere legami tra i gruppi di resistenza italiani.

I suoi amori di gioventù, o meglio le inevitabili attrazioni e tentazioni per l'altro sesso, avevano preso ben presto una piega compatibile col suo impegno nello studio e nelle attività clandestine.

Dando per scontata l'invincibile ritrosia delle fanciulle

di buona famiglia e disdegnando gli amori ancillari, alcuni suoi amici ricchi avevano preso a frequentare una lussuosa casa d'appuntamenti, ovvero una *Casa chiusa* d'alto bordo, e l'avevano invitato a unirsi a loro. In quel palazzo austero, in un ambiente elegante, soffice e ovattato, tutto si svolgeva col massimo decoro: si cenava in compagnia di belle signorine, abili intrattenitrici e moderatamente provocanti nel vestire, si bevevano ottimi vini e liquori, si stringevano rapporti cordiali nella consapevolezza che poi, quando scoccava la scintilla, si sarebbero formate le coppie e, con discrezione, a due a due, ci si sarebbe ritirati nelle sontuose camere da letto.

Gli *habitués* a volte si limitavano a cenare in compagnia, a fumarsi un sigaro in pace per poi tornare a casa. Chi aveva un'amante fissa poteva frequentarla in esclusiva, pagando molto di più s'intende, chi invece preferiva cogliere fior da fiore aveva solo l'imbarazzo della scelta. Le serate erano sempre e comunque assai gratificanti.

Cesare optò dapprima per cogliere fior da fiore, poi si scelse un'amante fissa scoprendo con soddisfazione che oltre a essere carina ed esperta nell'*ars amandi*, era anche intelligente e accanita lettrice. Non avendo problemi di soldi, poteva permettersela e forse avrebbe anche ricambiato il suo amore per lui se non avesse incontrato a Parigi una deliziosa signora, sposata ma avida di sesso perché trascurata da un marito anziano e misogino.

La deliziosa signora, che portava il dolce nome di Colette, gli fece una corte spietata, lui ne fu lusingato, scoprì con lei gli impareggiabili teatri parigini e infine constatarono entrambi che era possibile frequentarsi felicemente, senza complicazioni, condividendo anche un'intensa vita sociale nei circoli intellettuali stimolanti di cui Parigi abbondava. Cesare non se ne innamorò, per lo meno non seriamente, ma per la prima volta in vita sua si sentì sereno e in pace col mondo.

Dopo qualche tempo però, gli amici italiani, all'oscuro della sua doppia vita, cominciarono a tormentarlo.

"Insomma, ci snobbi, non vieni più con noi a goderti una serata come si deve in compagnia, non hai una fidanzata, non ti si conoscono amanti, ci risulta che te ne stai solo come un monaco e che non pensi minimamente al matrimonio. Cosa diavolo ti succede? Ti sei forse votato alla castità? O, Dio non voglia… hai cambiato sponda!? Su, confessa! Nella nostra infinita bontà potremmo anche perdonarti…".

"Ma no", si schermiva lui. "E' solo che… E va bene, lo confesso. Sono diventato di gusti difficilissimi. Voglio una rossa, una rossa autentica, con gli occhi viola. Un capriccio, un puro capriccio. Ne ho ammirata una splendida, raffigurata in un dipinto, e ormai me la sogno di notte la mia rossa con gli occhi del colore delle viola ciocche e la pelle candida. Non riuscirei a combinar niente con nessun'altra. Ma a chi me la troverà in carne e ossa offrirò una cena con i controfiocchi! E poi magari la sposerò, promesso!".

Era uno scherzo e tutti ne risero. Ma in seguito gli amici, sempre per scherzo, si scatenarono.

"Troviamola e vediamo se poi se la sposa. Dai, diamoci da fare, prendiamolo in parola e incastriamolo…".

Un compito dei più difficili. Il mondo sembrava pieno di brune, bionde e castane, c'era persino qualche rara rossa, tutte con occhi di vario colore, ma mai viola. Infine però la trovarono. Bella, alta, statuaria, una giovane promessa del teatro dai folti capelli rossi e dagli occhi indubitabilmente viola, col camerino sempre pieno di enormi mazzi di fiori offerti dai suoi ammiratori.

Come fargliela conoscere senza svelare i loro maneggi? Optarono per una festa. dove uno di loro la portò, non invitata. Gliela presentarono trepidanti e stettero a spiare le sue reazioni, sicuri che la famosa cena con i controfiocchi fosse ormai assicurata!

Cesare, cortese come sempre, la invitò più volte a ballare, chiacchierò con lei, ma, sorprendentemente, sembrò del tutto dimentico della sua promessa e non andò oltre. Delusi, i giovanotti si accorsero che tutta la sua attenzione era rivolta a una fanciullina molto giovane, decisamente castana con gli occhi scuri, che rideva allegramente in mezzo a un gruppetto di ragazzi della sua età. Molto carina, certo, ma niente a che fare con la straordinaria rossa dagli occhi viola che avevano scovato e che, con loro sommo disgusto, conquistò tutti gli uomini presenti in sala tranne lui.

Anzi, mentre l'attrice volteggiava con altri cavalieri, l'immemore, fedifrago Cesare smise di ballare e si mise a chiacchierare con questo e con quello, aggirandosi pigramente qua e là. S'informava. Chi era la fanciulla castana, come si chiamava, dove viveva? Chi l'accompagnava quella sera? Chi frequentava la sua famiglia? Avevano per caso degli amici in comune? Ma certo! Alcuni li conosceva bene. E si ricordò che due settimane dopo, proprio in casa di amici comuni, ci sarebbe stata un'altra festa da ballo alla quale lui, per fortuna, era già stato invitato.

Abbandonando alla loro sorte i giovanotti delusi con cui era venuto, Cesare allora si eclissò e si avviò a piedi verso casa. Era deciso a rivedere quella ragazzina, a conoscerla, a stringerla tra le braccia nel ballo. Se ne sentiva irresistibilmente attratto. Ma cosa diavolo l'aveva colpito? Lui stesso se lo chiedeva. La sua fresca bellezza, l' aria innocente, la figuretta appetitosa, i modi aggraziati, l'intensa vitalità che emanava dalla sua persona al centro di quel gruppetto di giovani? Tutto e nulla.

"Attento Cesare!", si ammonì, abbozzando un sorriso ironico nel buio. "Il colpo di fulmine capita quando uno meno se l'aspetta …".

Turbamento ed estasi

Sofia dapprima non seppe nulla di quanto era avvenuto il giorno del suo matrimonio. Perplessa e addolorata, al suo ritorno dal viaggio di nozze tra le cime rosate delle Dolomiti, per l'inconsueta, incomprensibile freddezza della famiglia, era tuttavia troppo presa dalla sua nuova esistenza di moglie e padrona di casa, per soffermarsi sul misterioso e scostante comportamento dei suoi.

Si era subito sentita a suo agio nell'appartamento che Cesare aveva affittato per loro. Piccolo rispetto ai grandi spazi cui era abituata, aveva un non so che di avvolgente che le piaceva. Tanta luce, pareti dai colori tenui, tra l'azzurro e il grigio perla, porte e finestre dalle sagomature dipinte di bianco, pochi mobili d'epoca impiallacciati in radica e di piccole dimensioni, soffici divani, poltrone confortevoli davanti a un camino settecentesco, un grande letto a baldacchino e un armadio veneziano dipinto in camera da letto. Moderni i bagni e la cucina, appartato il quartierino della servitù, oltre la lavanderia.

"La sala da pranzo e la camera degli ospiti sono quasi vuote", le aveva detto Cesare, "e molte sono le cose che mancano ovunque. Non volevo spogliare troppo la casa della mamma, capisci? Perciò pensaci tu, amore".

Per Sofia era un invito a nozze e si mise subito all'opera, approfittandone per scoprire Milano, non solo girovagando tra negozi e botteghe d'antiquariato, ma perdendosi nel segreto di cortili e giardini, recessi affascinanti e romantici dietro le severe facciate neoclassiche. Inoltre, ben altri erano i pensieri che le impedivano di lambiccarsi sulle stranezze della sua famiglia. Era ansiosa di nascondere a tutti il volto segreto e conturbante del suo matrimonio.

La sua iniziazione erotica era stata rapida. Costellata di sorprese, picchi di piacere, emozioni travolgenti, ma anche di imposizioni sconcertanti, di dubbi e di interrogativi. Perdutamente innamorata, spaventata all'idea di non essere all'altezza, di deludere il marito e di dispiacergli, Sofia si prestava a tutto, lasciandosi guidare ciecamente e piegandosi ai desideri di Cesare senza fare domande.

Ma non riusciva a credere che l'amore coniugale somigliasse, sia pure lontanamente, al suo rapporto con lui. Come poteva immaginare non solo i suoi genitori, ma i suoi fratelli, le sue amiche, qualsiasi coppia di sua conoscenza, nelle pose e situazioni che sperimentava? Arrossiva al solo pensiero, non sapeva se ridere o piangere raffigurandosi...

No, no, era impossibile, impensabile! Ma allora... Perché Cesare si comportava così? Era "normale" quell'approccio al suo corpo che a volte sfiorava la violenza? E lei... lei... Era "normale" l'intimo, consenziente ardore con cui lo assecondava, malgrado timori e temporanee riluttanze?

Inorridiva ipotizzando ciò che "loro" avrebbero pensato di lei e di suo marito, se avessero saputo. Pur travolta dalla passione di lui e per lui, era pervasa da un oscuro disagio, avvertiva sensi di colpa, anzi, di peccato, per ciò che facevano insieme, anche se i modi del loro rapporto non dipendevano da lei.

Sin dai primi giorni del viaggio di nozze aveva innocentemente amato la sua virilità prorompente, portata con disinvoltura come un abito su misura che non ci si accorge d'indossare. Il suo grande membro eretto l'aveva, sì, un po' spaventata e continuava a suscitare in lei tremori reverenziali, ma ne era irresistibilmente attratta, lo "sentiva", con atavico istinto, come complemento naturale della sua femminilità, portatore, a lei, donna, di godimento e di fecondità. Fresca sposa, l'aveva soprannominato *"il signore della guerra"* perché aveva abbattuto brillantemente le barricate della sua via troppo stretta. Cesare aveva riso, divertito. E il nome era rimasto, lessico coniugale segreto, ma più che mai appropriato perché, in seguito, il *signore della guerra* aveva conquistato tutte le possibili vie d'accesso al suo corpo e alla sua mente.

Sofia non immaginava che l'amore fisico potesse essere così impudico e invasivo, ma si sottomise. Suo marito era più esperto di lei e di certo sapeva che cosa andava fatto. Tuttavia quell'iniziazione a ritmo serrato suscitava crescenti tempeste nel suo animo.

Scoprì che Cesare era tanto gentile, rispettoso e conciliante nella vita quotidiana, quanto esigente e tirannico nella sfera erotica. Non interferiva nella conduzione della casa e dei domestici, approvava qualsiasi innovazione nell'arredamento, non le chiedeva conto né dei suoi movimenti né delle sue spese, non protestava per una camicia mal stirata, mangiava qualsiasi cibo senza esprimere preferenze o lagnanze (al contrario di suo padre e dei suoi fratelli), era prodigo di lodi quando sfoggiava un abito nuovo o componeva un mazzo di fiori, assecondava i suoi desideri di uscite e di vita sociale.

Nella sfera erotica, invece, si trasformava. Pretendeva da lei una docilità assoluta, una disponibilità senza limiti di modi e di tempi che, ben lungi dall'esaurirsi in passiva obbedienza, doveva farsi offerta consapevole e attiva. Se lei istintivamente si ritraeva, la richiamava all'ordine con brusche, precise pressioni delle mani e del corpo, gesti autoritari inequivocabili.

"Mi piaci così, non sottrarti", mormorava. "Abbandonati, lasciati fare… aspetta, sii docile", le ingiungeva. E continuava a imporle la sua volontà, asservendola a duttile strumento del suo piacere.

Lei obbediva finché non si annunciava il piacere, intenso e devastante, ondata inarrestabile che li sommergeva entrambi, vincolandoli in un'estasi condivisa. Premiata, immemore, traboccante di una sorta di mistica, sconfinata gratitudine, Sofia non osava muoversi fino a quando il suo signore e padrone, ricadendo al suo fianco, non la trascinava con sé nell'abbandono.

E doveva ammettere che nulla, violenza o dolcezza, era mai gratuito né superfluo. Con infallibile intuito Cesare la portava a condividere il Dono con lui, le dispensava appagamento a piene mani, regalmente, assicurandosi ogni volta di farla felice, intensamente e compiutamente. E quando tutto era finito il suo abbraccio si tingeva di struggente tenerezza, il suo tocco si faceva lieve e gentile, quasi riverente. Allora Sofia, sprofondando nell'ebbrezza, si aggrappava a lui, respirando il suo odore, cercandolo con le labbra. "Non lasciarmi... ti prego, non lasciarmi... ancora un minuto... ancora un minuto...".

Facevano all'amore anche più volte per notte. E spesso quelle notti bianche si annunciavano la sera dopo pranzo, quando non avevano altri impegni e Cesare non si ritirava a lavorare nel suo studio, ma sedeva con lei in salotto, a leggere o ad ascoltare musica.

Entrambi amavano sia l'opera lirica sia la musica sinfonica e a Cesare piaceva interpretare il ruolo di Pigmalione con l'entusiasta e inesperta Sofia. Perciò, quando non potevano goderne dal vivo, alla Scala o in una sala da concerto, accendevano la radio e cercavano, tra mille crepitii, la trasmissione giusta, dove la competenza infinitamente maggiore di lui schiudeva a lei nuovi orizzonti di comprensione e conoscenza.

Eppure, neanche allora, in quei momenti dedicati alla vita dello spirito, poteva dimenticare di appartenergli fisicamente. Lui non glielo consentiva.

Prendeva ad accarezzarla distrattamente, dando per scontato che il suo corpo fosse a sua disposizione, come un libro o la manopola della radio. L'attirava sulle sue ginocchia, cercava un seno o il grembo, superando con disinvoltura l'ostacolo dei vestiti mentre parlava di democrazia nella Grecia antica o ascoltava, intento, un'aria di Mozart.

Prese di possesso. Giochi semiseri. Preludi a quanto inevitabilmente accadeva poi, in camera da letto. A una cert'ora Cesare si alzava e la prendeva per mano. "Andiamo", mormorava.

E Sofia, rossa in viso per il suo pudore violato, ma soggiogata, eccitata, innamorata, lo seguiva obbediente. La mattina dopo riaffioravano in lei interrogativi e sensi di colpa.

Confessioni

E allora un giorno, pur sentendosi un'infame traditrice, Sofia decise di parlarne in confessione. Evitando il suo confessore abituale, si rivolse a un religioso noto per le sue affollatissime prediche domenicali.

Ma, sia che nel suo disagio non trovasse le parole adeguate, sia che il sacerdote, un sant'uomo studioso dei Padri della Chiesa, più teologo che pastore, fosse oltremodo restio a infilarsi nella camera da letto di una giovane coppia regolarmente sposata in chiesa, la sua imbarazzata confessione abortì sul nascere.

"Figliola", la interruppe la voce severa oltre la grata, "sei sua moglie davanti a Dio e davanti agli uomini e il tuo primo dovere è di obbedirgli come la Chiesa obbedisce a Cristo. Se alcuni suoi comportamenti turbano il tuo naturale pudore di fanciulla e li reputi inusuali (ma con quale esperienza poi, dato che affermi di esserti sposata vergine...) lascia che sia lui a renderne conto al Buon Dio e al suo confessore. E ricorda sempre che il matrimonio è anche *remedium concupiscentiae*. Se, a causa dei tuoi scrupoli più o meno giustificati, tuo marito fosse indotto a cercare altrove ciò che gli viene negato nel suo legittimo talamo, sareste entrambi in peccato mortale. Ma la prima colpevole saresti tu, per aver causato, negandoti a lui, un tale disordine. Perciò dimentica te stessa, svolgi al meglio il tuo dovere di moglie preservando tuo marito dalle tentazioni e vai in pace, figliola, vai in pace. Per penitenza, reciterai cinque pater, ave, gloria".

In parte rassicurata e in parte delusa, Sofia pensò allora di indagare presso le sue amiche sposate. Cosa sentivano veramente? Come affrontavano le subdole insidie del rapporto coniugale?

Si rivolse dapprima a quella che riteneva la più autorevole, la bellissima e biondissima Silvia, più grande di lei di tre anni, sposata con una specie di Adone alto e atletico. Non erano state propriamente intime a causa della differenza di età, ma, figlia di amici, Silvia era stata spesso ospite in casa Merigo e Sofia aveva seguito da vicino tutte le fasi del suo romantico fidanzamento col "principe azzurro" di cui si era innamorata.

Un po' intimidita, affrontò l'argomento con garbo, procedendo a curve molto ampie intorno al nocciolo, finché l'amica non la interruppe bruscamente come già aveva fatto il confessore.

"Ma insomma Sofia, che cosa vuoi sapere? Se mi piace fare all'amore? Se provo quello di cui si parla nei romanzi? Ebbene, no. Va tutto molto in fretta. Lui parte in quarta, poi mi dice: "tesoro, dolcezza, amor mio, sei meravigliosa, mi fai sentire troppo... sento troppo... Eccomi, vengo... sono da te...". E io mi ritrovo bagnata e appiccicosa senza aver provato un bel niente. Adesso, probabilmente, sono incinta...".

"Oh, Silvia, che gioia! Congratulazioni!".

"...ma giuro che subito dopo mi prenderò un amante. Non scandalizzarti. Voglio proprio vedere se con un altro uomo... insomma voglio sapere se il piacere di cui si parla nei romanzi è una frottola colossale oppure no. E a te come va? Lo provi questo famoso piacere?".

"Sì", sussurrò Sofia, "ma io... io credo di avere un amante per marito".

"Fantastico! Dimmi, raccontami, cosa fate insieme?".

"Tutto", rispose ingenuamente Sofia. E si rifiutò di aggiungere altro, malgrado le insistenze dell'amica autorevole.

Due giorni dopo provò con Anna, simpatica compagna di scuola e di vacanze sportive, sposata da pochi mesi come lei, e le chiese, davanti a una tazza di cioccolata, dopo un'oretta di chiacchiere oziose, se le piacesse "dormire" con suo marito. Anche Anna capì al volo.

"Oh, beh, se intendi *quello*, no, non mi piace. È una cosa un po' disgustosa, non trovi? Per fortuna dura poco e, dopo tutto quello che mi aveva detto mammà, temevo che fosse molto peggio. Comunque, non me ne importa. Mi piace essere sposata, giocare a far la padrona di casa, poter finalmente decidere ogni cosa, ricevere gli amici che voglio quando voglio, organizzare le mie giornate, dirigere la servitù, accogliere mio marito la sera con un buon pranzetto e riceverne i complimenti... Quando non usciamo, naturalmente. Tu conosci Carlo. Brillante e allegro com'è, è l'anima di tutte le feste. Così siamo mondanissimi. Proprio la vita che sognavo. Spero solo di aver presto un bambino. In fondo è per questo che ci si sposa, no? Per vivere come si vuole e per avere dei figli".

La terza interpellata, invece, dipinse del suo

matrimonio un quadro foschissimo che turbò non poco Sofia. Clementina era stata la ragazza più vispa e civetta del gruppo, giudicata un po' leggera perché flirtava senza ritegno e si vestiva in modo provocante.

Aveva sposato un industriale del tessile, di bell'aspetto, sulla trentina, che l'aveva adocchiata proprio per quel suo fare spigliato da ragazza disinibita e moderna. Clementina le era cara perché era stata lei a iniziarla ad alcune piccole astuzie femminili, come mettersi un filo di rossetto, lo smalto sulle unghie, a depilarsi le ascelle con cura e le sopraciglia ad ali di farfalla.

Certa di trovare in lei un'amica capace di consigliarla, Sofia fu stupefatta di trovarla pallida e tesa, con le lacrime a fior di pelle, ansiosa di sfogarsi contro il marito.

"Lo odio, lo detesto, non lo sopporto più!", disse torcendosi nervosamente le mani. "Mi si butta addosso come... un animale. Grugnisce, mi bacia, mi lecca, mi strizza, m'infilza con quel suo coso che mi fa ribrezzo e, se grido e mi ribello, mi prende addirittura a schiaffi. Oddio! Sono terrorizzata all'idea di restare incinta. Voglio solo scappare, andarmene! Ma dove? Dove?".

"Da me", disse Sofia, decisa. "Se Marcello ti maltratta, vieni da me. Cesare è avvocato. Saprà come proteggerti".

"Oh, ma lui verrebbe a riprendermi subito. Non mi permette neanche di andare a casa, dai miei genitori. No, devo rifugiarmi in un convento. Farmi suora. Non voglio che nessuno mi tocchi mai più! Capisci? Mai più!". E scoppiò in singhiozzi convulsi.

Sofia tentava di consolarla quando sentì una chiave girare nella toppa. "Eccolo, è Marcello", mormorò Clementina. "Adesso verrà qui col suo sorriso melenso e quei suoi modi ridicoli da finto gentleman inglese. Ti giuro, vorrei non averlo mai conosciuto!".

In effetti, Marcello entrò e, vedendo la moglie alterata, le si avvicinò a grandi passi senza neanche salutare l'amica Sofia.

"Che cos'hai cara? Ti senti di nuovo poco bene? Che cos'è successo?". Le mise un braccio intorno alle spalle, attirandola a sé. "Non toccarmi", sibilò lei. E corse via sbattendo la porta.

"Sofia, mi dispiace terribilmente", si scusò lui in grande imbarazzo. "È...credo che sia... un po' depressa. Faccio qualsiasi cosa per aiutarla, ma mi respinge. Le do tutto quello che vuole, l'amo, la coccolo, credo di comportarmi da buon marito...".

"Forse si sente spaesata, disorientata", azzardò debolmente Sofia. "Dovresti permetterle di tornare a casa, di stare dai suoi genitori per qualche giorno".

"Ma se gliel'ho detto mille volte di andare a riposarsi e a ritemprarsi da qualche parte! In famiglia, al mare, in montagna, dove preferisce. È lei a non volerlo, te lo giuro. Dice che suo padre e sua madre la criticherebbero, che le farebbero una vita d'inferno. Non è vero niente. Tu li conosci... D'altra parte, io non so davvero più come comportarmi. A volte ha delle vere e proprie crisi isteriche, urla, piange, rompe tutto quello che le capita a tiro... Sono stato persino costretto a schiaffeggiarla per farla tornare in sé... Comincio a credere che sia seriamente malata e che l'unica cosa da fare sia consultare un medico...".

"Hai ragione. Anche a me sembra che abbia bisogno di aiuto. Tu non puoi farci niente purtroppo. Non da solo. Sentire un medico al più presto è senz'altro la soluzione migliore", approvò Sofia. E si congedò in fretta, non sapendo a chi credere e provando una gran pena per entrambi.

Una lieta sorpresa l'aspettava invece nel luminoso salotto della sua amica del cuore, la dolce Cecilia, che aveva tenuto per ultima non solo perché viveva a Venezia, ma perché il suo era stato un matrimonio combinato che nulla aveva avuto a che fare con l'amore. Sembrava la meno adatta a illuminarla anche se, sin dall'infanzia, avevano condiviso tutto: gusti e svaghi, letture e interessi, gioie e turbamenti.

Cecilia veniva da una famiglia nobile ma decaduta e, per di più, cattolica osservante, cioè ligia ai severi precetti della Chiesa in fatto di procreazione. Così lei stava nel bel mezzo di una nutrita tribù di fratelli e sorelle: quattro maschietti piccoli da educare e tre sorelle grandi da sposare. Niente di male. Se non che, genitori e parenti tutti erano ossessionati dal problema di trovare un buon marito alle ragazze, aggirando il non trascurabile ostacolo dell'assenza di dote. Allo scopo, contando su bellezza, virtù e nome delle quattro damigelle, tramavano nell'ombra per identificare e coinvolgere eventuali partiti liberi sulla piazza. Impresa non facile.

Così quando una certa zia impicciona venne a conoscenza che un certo giovanotto, professore universitario a Venezia, cercava moglie, si affrettò a combinare una cenetta mondana a casa sua, approfittandone per fare le dovute presentazioni. Pensava alla maggiore delle sorelle, la più vicina a lui per età e interessi. Ma, inspiegabilmente, il giovanotto puntò gli occhi su Cecilia e, dopo alcuni incontri interlocutori con zia, zio e genitori, si dichiarò propenso a sposarla.

Messa al corrente di quella lusinghiera proposta, la povera Cecilia, che aveva a malapena notato il giovanotto serio e occhialuto che viveva altrove, in una città a lei sconosciuta, si ribellò protestando e piangendo per quasi un mese.

"Smettila di lamentarti", le ingiunse infine perentoria la madre. "Non possiamo perdere un'occasione del genere. E' un bravo ragazzo e ha un buon lavoro. Vuole te e allora tocca a te. Se rifiuti, non solo dai un immenso dispiacere a tuo padre e a me che faticheremmo non poco a perdonarti, ma non è detto che ti si ripresenti in futuro un'occasione migliore. Preferisci forse restare zitella? Finire i tuoi giorni facendo l'istitutrice in casa d'altri? Ragiona con la testa per amor del cielo!".

Allora Cecilia si era arresa. In fondo, pensò, poteva capitarle di peggio. Un vecchio, per esempio, o un vedovo, o un tipo bruttissimo, calvo e grasso con le mani sudate… Forse i suoi genitori non avevano tutti i torti. Avevano ancora altre tre figlie da sposare!

Avendo palpitato e pianto con lei per le sue disavventure, Sofia fu quindi oltremodo sorpresa di trovarla fiorente e raggiante, i corti capelli acconciati all'ultima moda, intenta a completare un ricamo complicato tra decine di matassine colorate. Cecilia, che ricordava modestamente vestita, era oltretutto squisitamente elegante in un abito ornato di preziosi merletti. Dopo calorosi baci e abbracci, le due giovani donne si abbandonarono con gioia alle confidenze.

"Sono felice", disse Cecilia con semplicità. "Guido è un uomo meraviglioso. Mi sono innamorata pazzamente di lui come tu di Cesare. Non me l'aspettavo proprio, avevo una gran paura. E tu sai che l'ho sposato di malagrazia solo per non dispiacere ai miei. Lo conoscevo appena… e non ero neanche sicura di apprezzarlo come amico. Ma è successo. Stiamo bene insieme, andiamo d'accordo su tutto, insomma, siamo entrambi al settimo cielo!".

Non ebbe remore neanche quando Sofia si avventurò a chiederle particolari più intimi. "Non ci crederai, ma la sera non vedo l'ora di andare a letto. Lui mi scivola accanto, spegne la luce, mi bacia e mi stringe forte. Poi… poi… infila la mano sotto la mia camicia da notte e mi accarezza ovunque, anche nei posti più segreti", confessò arrossendo. "Quando finalmente entra dentro di me è… fantastico. Non so descriverti che cosa provo.

Non immaginavo che fosse così bello...".

"Ma... non vi spogliate? Non... non...". Cercò una scappatoia innocente. "Non fate mai l'amore con la luce accesa?".

"Sai, spogliarci completamente non è necessario", disse candidamente Cecilia. "Forse ne sarei turbata e Guido rispetta il mio pudore. Ma qualche volta riaccende la luce. Vuole guardarmi negli occhi mentre... Per vedere se sono davvero contenta, capisci?".

Sofia sorrise tra sé e sé pensando alle sue esperienze estreme con Cesare. "Uniche, uniche, uniche", si disse silenziosamente. Prese la via del ritorno sentendosi "unica" lei stessa. Una sensazione esaltante, liberatoria. Cullata dal dondolio del treno, pensò a Cesare, lo lasciò dilagare impunemente in tutto il suo essere e si rappacificò con se stessa.

"Lo amo tanto...", si diceva, "lui è la mia ebbrezza, un'ebbrezza che non passa mai, è la mia schiavitù e la mia libertà, la mia carne che brucia anche quando lo sento lontano e inaccessibile. È il mio amante, il mio amato... si compiace in me e io in lui".

I versetti del Cantico dei Cantici affioravano, suggestivi e poetici, nella sua memoria. Si riscosse e, per un attimo, riemerse la vecchia Sofia, lucida e concreta.

"Macché Cantico dei Cantici!", concluse, forte della sua nuova cultura classica."Il mio amante ha fatto di me la sacerdotessa di un rito pagano!".

Questa sì che è vita!

Da quel giorno, per oltre un anno, in quella Milano austera e serena che le piaceva ogni giorno di più, Sofia fu pienamente, consapevolmente felice.

Seppe dell'antifascismo militante di Cesare, ma, anziché adombrarsene, se non altro per l'inganno perpetrato persino nei suoi confronti, la scoperta le servì a comprendere meglio suo marito.

Il suo intuito femminile allertato dall'amore le suggerì che il suo erotismo ai limiti della violenza, la volontà di dominio che quell'erotismo esprimeva, erano in qualche modo collegati alla profonda frustrazione professionale e umana che quotidianamente subiva. Le aspirazioni e le ambizioni che lo agitavano, represse in tutti i campi della sua vita d'uomo conscio della sua forza e del suo valore, tendevano naturalmente a esplodere là dove potevano, nel suo rapporto esclusivo e appagante con la donna amata.

La sensazione d'impotenza, l'umiliazione di non riuscire a realizzarsi, ad affermarsi come avrebbe voluto e potuto, a impegnarsi nella cosa pubblica dando corpo a quegli ideali fortemente sentiti e intellettualmente coltivati sin dall'adolescenza, si sublimavano nell'esercizio privato di una virilità prepotente che mordeva il freno. Possedere lei anima e corpo assumeva valenza di compensazione per una natura passionale costretta a far tacere le sue passioni.

Niente di oscuro dunque, ma un ruolo molto chiaro per

lei, l'eletta, moglie e amante, pronta a svolgerlo con la gioiosa energia dell'innamorata.

"Se la sua passione per me lo soddisfa", ragionava Sofia, "il nostro amore reciproco potrà renderlo felice malgrado tutto".

Cercò di avvicinarsi sempre più a lui, anzi di fondersi in lui, condividendo i suoi interessi e ritagliandosi un ruolo di amica e compagna oltre che di moglie e amante.

Lo interrogava sulla sua infanzia, sull'intera sua vita precedente e lo ascoltava con passione da neofita quando nutriva la sua mente leggendole ad alta voce romanzi e poesie, schiudendole continenti inesplorati e procurandole emozioni prima ignote.

Nella famiglia di Sofia la cultura classica non era stata propriamente di casa e ora lei se ne scopriva avida, apprezzando allo stesso modo *Il Convito* di Platone, *I promessi sposi* del Manzoni o le liriche di Leopardi. La sua dormiente intelligenza si risvegliava, lei era curiosa e interrompeva spesso il marito. Chiedeva spiegazioni, informazioni, approfondimenti, voleva spaziare, saperne di più.

Così Cesare posava il libro e rispondeva, raccontava. Tracciava vasti, stimolanti affreschi in cui storia, letteratura e arte si mescolavano liberamente tra loro e all'esistenza quotidiana dell'umanità, passata e presente, toccando infine la stessa vita di Sofia, impregnando i suoi pensieri, la sua visione del mondo.

A volte capitava anche che discutessero animatamente

di dilemmi etici o religiosi, suscitati dalla lettura dei giornali o da qualche fatto d'attualità, questioni sulle quali Sofia si trasformava da allieva in vivace interlocutrice, esprimendo il proprio punto di vista.

Una sera si erano ritrovati a parlare di pace e di guerra e dell'incerto confine tra l'uccidere e il commettere omicidio, e di legittimità o meno dell'uso della forza e di come, nella concretezza della vita, scelte e azioni potessero conciliarsi non solo con il comandamento biblico *"tu non ucciderai"*, ma con il Cristianesimo e con il suo invito a porgere l'altra guancia alle offese.

Sofia era convinta che la violenza fosse comunque un male da bandire, ma poi andò a incagliarsi sulla legittima difesa e si perse in cavilli sul come, quando e per chi fosse legittima.

Allora Cesare, rifiutando di giocare su quel terreno minato, la guidò con la consueta chiarezza lungo vie diverse.

"Vedi, amor mio" le spiegò, "se affronti il problema così non ne uscirai mai. Proviamo da una diversa prospettiva. Precetti evangelici come ama il tuo nemico e porgi l'altra guancia sono evidentemente diretti alla coscienza del singolo, sono cioè applicabili a circostanze che coinvolgono lui solo, in prima persona. Non si riferiscono né ai nemici degli altri né alle loro guance e non giustificano il pacifismo a oltranza. Non prescrivono di amare i nemici degli altri e di porgere le altrui guance all'offesa. Quando dunque si devono fronteggiare pericoli che minacciano il prossimo, in particolare le persone di cui si è responsabili, come è il caso per esempio di chi governa una nazione, una comunità, un gruppo per varie ragioni minacciato, il criterio d'azione non può che essere la responsabilità nei loro confronti".

Sofia ascoltava attenta. "Ma allora, secondo te, la difesa oltre a essere un diritto è un dovere… è legittima quando è un dovere".

"Sì. Credo di sì. Chiamato a decidere e ad agire, anche il cristiano di più stretta osservanza deve innanzitutto sventare la minaccia alla vita, alla sicurezza e alla libertà del suo prossimo. E' impensabile che chi ha il potere di decidere per altri si attenga a precetti morali validi per la sua coscienza individuale. Sarebbe come dire: voi morite pure, mentre io divento santo. E invece no! Il santo autentico dice: a costo di finire all'inferno, io tenterò di salvarvi. Perché non io conto, ma voi. L'imperativo categorico m'impone di mettervi al primo posto e di mantenere intatto, con la vostra vita, anche il vostro sacrosanto diritto di scegliere liberamente se, quando e a chi porgere l'altra guancia.

E' diabolico, non evangelico, praticare la non violenza a spese altrui! Ognuno deve essere capace, se le circostanze lo richiedono, di sacrificarsi in prima persona, ma è suo dovere difendere come può, anche con la violenza e le armi, la vita e la libertà degli altri. Se ne deduce, amor mio, che non sempre la guerra è ingiusta. Ci sono guerre giuste, battaglie che vanno comunque combattute, in difesa di valori assoluti che nessun uomo onesto può tollerare di veder calpestati ".

"E' vero, sono d'accordo con te", convenne infine Sofia, "anche perché sono sicura che ucciderei per difenderti senza un briciolo di rimorso. Però... però... spero che non sarà mai necessario!".

Fu quella una delle tante lezioni di cui fece tesoro e che le sarebbe tornata in mente più tardi, quando la guerra avrebbe travolto l'Europa costringendo le coscienze a scelte radicali e l'occupazione nazista e la resistenza sarebbero entrate con prepotenza nella sua stessa vita.

In quei giorni sereni si limitò ad esultare per la crescente consonanza che cementava la sua unione con Cesare. "Questa sì che è vita!" pensava ogni mattina aprendo gli occhi e ogni sera quando li chiudeva.

Il suo amore per Cesare si colorò di sempre nuove sfumature, pervadendo interamente la sua mente e il suo cuore, illuminando anche le minuzie quotidiane, i doveri domestici più insignificanti.

Si abbandonò alla *joie de vivre* un matrimonio felice, spendendo tutte le sue energie per nutrire il senso d'intima complicità, mentale e fisica, con l'uomo straordinario che aveva sposato. E il tempo sembrò fermarsi per sempre allo zenit di una giornata radiosa.

Si rompe l'incanto

L'incanto fu rotto da due avvenimenti che, per diversi motivi, cambiarono nuovamente il corso della vita di entrambi.

Innanzitutto, Sofia scoprì di essere incinta. Ne fu lieta naturalmente, ma non come aveva immaginato, non come la sua educazione e i suoi sogni di ragazza l'avrebbero portata a essere. Oscuramente, senza osare confessarlo nemmeno a se stessa, avvertì il pericolo di un'indebita intrusione nel miracoloso equilibrio della sua unione col marito, temette il deformarsi del suo corpo, provò fastidio per il gonfiarsi dei seni, mal sopportò, lei che aveva sempre goduto di ottima salute, le ricorrenti nausee mattutine, i piccoli malesseri provocati da quella vita nascente dentro di lei.

Cesare, al contrario, manifestò una felicità senz'ombre. Desiderava quel figlio, lo voleva con tutte le sue forze. Euforico, riconoscente, proteso verso il futuro, animato da nuove speranze, incominciò a trattarla come una regina o, pensò lei con dispetto, come la Madonna in attesa del Messia.

Il suo amore per lei divenne casto e gentile, la passione cedette il posto a una sorta di paterna tenerezza, il desiderio violento, la brama di possederla, l'esigente volontà di dominio che l'avevano portata alle vette più alte del piacere si stemperarono in approcci delicati, sempre più cauti e rari.

Sofia ne fu intimamente sconvolta, come per una

perdita irreparabile. Colpita da un acuto senso di privazione, inutilizzata, umiliata nella sua femminilità ormai sapiente e trionfante, si ammalava di rimpianto e di nostalgia. Sempre più tormentata da fantasie erotiche, incominciò a esserlo anche dalla gelosia. Non era possibile che Cesare, per mesi... il *signore della guerra* inattivo... Tentò di provocarlo in tutti i modi, ma invano.

Finché una sera lui le disse bruscamente: "Quello che cerchi manca a me come a te. Ma non è il momento. Rassegnati. La vita è fatta di stagioni amor mio. Ne abbiamo vissuta una splendida, cerchiamo di vivere felicemente anche questa. Dobbiamo pensare solo a nostro figlio adesso". E si trasferì a dormire nello studio.

Fu ancora peggio. Ben lungi dal rassegnarsi, Sofia si convinse che lui la tradiva, che cercava altrove, come predetto dal confessore, ciò che lei, non per sua colpa, non gli dava più. Non riusciva a credere che un uomo virilmente dotato come Cesare, abituato da tempo a far l'amore con lei quasi ogni notte, si votasse improvvisamente a una castità cenobitica.

Facendosi coraggio, tornò sull'argomento. Una sera, in salotto, la testa sulla sua spalla, gli occhi chiusi per non vedere la sua reazione, gli chiese di botto: " Frequenti altre donne?". Lui stava leggendole ad alta voce una pagina della *Storia d'Europa* di Benedetto Croce e s'interruppe, stupito. "No, certamente no. Perché me lo chiedi?". "Perché prima mi amavi quasi ogni giorno. E adesso... E' tanto tempo ormai... E mi sembra impossibile che tu...".

"Che io mi mantenga casto? Ah, ma tu confondi la virilità con l'istinto, con un volgare bisogno animalesco. Non è così, credimi. Gli uomini davvero virili sono di solito i più capaci di castità, se necessario. E questo perché attribuiscono un valore alla loro virilità. La coltivano e la nutrono anziché mortificarla con squallide e deludenti avventure occasionali".

"Sì, però... ho l'impressione che tu non mi desideri più... Lo so, sto diventando grassa e brutta, con questo pancione e le caviglie gonfie... Così penso che ti possa piacere qualcun'altra... non tante donne occasionali, ma magari una giusta, che non ti delude... che prenderebbe il mio posto... Sarei disperata, ma non potrei farci niente, capisci?".

"Che sciocchezze dici! Ti sei trasformata da signorina seducente in signora seduttrice (e non alludo allo stato civile!), ma ancora non capisci niente di un vero rapporto d'amore", scherzò lui scompigliandole i capelli con una brusca carezza.

"Che senso avrebbe per me navigare su magri fiumiciattoli quando conosco la profondità del mare? È quella, quella sola che voglio. Come un capitano di lungo corso sdegna la barchetta a remi e preferisce sognare dalla riva le grandi navi oceaniche, così io preferisco sognare di te, continuare a viverti come avventura della mente, piuttosto che abbassarmi a tradirti. Il bisogno d'amore non è come il bisogno di cibo. Assomiglia piuttosto alla creatività dell'artista che insegue il suo capolavoro. Un uomo davvero virile si controlla, sa dominarsi proprio perché è certo di poter ottenere ciò che vuole senza scadere nel banale. La virilità è fiducia in se stessi, non ansia infantile di mettere alla prova il buon funzionamento del *signore della guerra*. E ti informo", aggiunse ironicamente, "che i collezionisti di donne sono spesso degli… impotenti in potenza. Hanno il terrore di esserlo o di diventarlo. Ed è per questo che si avventano su ogni donna, purché respiri, per poi rifuggire, magari, da quell'unica che li attira davvero, temendo di fallire. Per me è il contrario", concluse. "Io voglio te, e la profondità e l'esclusività e l'unicità del nostro rapporto. Te lo giuro su nostro figlio. Il *signore della guerra* non vede l'ora di riaverti, ma nel frattempo… si riposa senza problemi".

La strinse a sé e la costrinse a guardarlo negli occhi. "Sei convinta adesso? La smetti di tormentarti?". Contrita, Sofia promise. Ma era destino che la gravidanza non fosse per lei un periodo felice.

La domenica successiva andò infatti in scena un dramma, le cui conseguenze erano destinate a prolungarsi senza fine nel tempo.

Erano andati in campagna, a colazione dai genitori di Sofia e la giornata era cominciata bene. La madre li aveva accolti con insolito calore, la cuoca aveva preparato i piatti preferiti della figlia di casa, il padre e i fratelli, di ottimo umore, parevano propensi a parlare solo di sport, coinvolgendo Cesare con spirito cameratesco. Da quando Sofia era incinta i suoi rapporti con la famiglia si erano addolciti quanto bastava per programmare una colazione insieme una domenica sì e una no nella vecchia casa, appuntamento che lei aspettava con intima gioia mista a curiosità per i manicaretti che l'impagabile cuoca dei genitori le avrebbe preparato.

Questa volta c'era anche un'automobile da inaugurare e lei aveva una gran voglia di mettersi al volante. "Posso guidare io?", aveva chiesto al marito. "Con quel pancione?", aveva sorriso lui. "Beh non si vede poi molto", aveva insistito cercando di contenerlo con le mani aperte a ventaglio. "Non tocca di certo il volante. E vorrei tanto far bella figura con i fratelli che non mi credono un'autista provetta…". "E va bene, farò il passeggero, ma guai a te se corri", aveva sospirato Cesare cedendole il comando.

Così lei si era goduta gli applausi all'arrivo, aveva abbracciato tutti con la foga di sempre e si era seduta a tavola senza un pensiero al mondo. Purtroppo la tempesta era in arrivo, nutrita da due anni di rabbioso rancore, e scoppiò per un'inezia, una divergenza d'opinioni su un gerarca locale che Cesare, solitamente prudente, osò sospettare di arricchimento illecito, ignaro dei rapporti di amicizia che lo legavano allo suocero e scatenandone le ire.

"Come osi tu, avvocaticchio dei miei stivali, traditore, ignobile imbroglione, criticare un cittadino integerrimo, chiaro esempio di quell'Italia onesta che, contrariamente a te, lavora per il bene comune?".

Alterato in viso, il padre si alzò di scatto e con gesto brusco rovesciò il tavolino con il vassoio del caffè che volò a terra in un fragore di porcellane infrante. Sofia allibita cercò di intervenire, ma non ne ebbe modo.

"Ti fingevi mio amico e mi hai preso in giro", incalzò gelido il maggiore dei suoi fratelli. "Ti sei ben guardato dal dirmi chi eri e cosa facevi, se no mai e poi mai ti avrei permesso di alzare i tuoi luridi occhi su mia sorella".

"Vigliacco e cialtrone!" scandì di rincalzo l'altro fratello alzandosi e avvicinandosi minacciosamente a Cesare.

Quest'ultimo si alzò a sua volta e li fronteggiò tutti. "Sono un bravo avvocato", disse con calma, " e se lavoro per altri, in un anonimato che mi affligge e mi umilia, è perché vivo in un regime illiberale che m'impedisce di esercitare apertamente la mia professione e che mi rifiuto di riconoscere come legittimo. Lo dico una volta per tutte: è proprio il mio onore di uomo libero che mi vieta di aderire al fascismo e di esibire la *cimice*. Con ciò credo sia venuto il momento di salutarci. Vieni tesoro, andiamo", aggiunse rivolto a Sofia.

"Un corno! Tesoro un corno!" esplose lo suocero. "Tu non ami mia figlia! La farai morire di fame, lei e la sua creatura, dopo aver venduto quei pochi beni al sole che ti restano e sperperato la sua dote! O forse conti sui mascalzoni che ti pagano per tradire il tuo Paese? Per screditarlo agli occhi del mondo… per fomentare l'astioso livore di altri traditori contro il governo? Credi forse che io non sappia delle tue attività clandestine, degli articoli che pubblichi, tu, scribacchino da strapazzo, su fogliacci fuori legge? Da tempo sogno di denunciarti per spedirti finalmente in galera o al confino! Non so perché non l'ho fatto finora. Ma una lezione la meriteresti, sa Dio se la meriteresti!".

"Ho capito. In realtà vorresti veder vedova tua figlia. Cosa facile con i vostri sistemi…", ironizzò Cesare. E tese la mano a Sofia perché lo seguisse.

"Un momento! Vedova forse no, ma una lezione...", lo bloccò Giacomo afferrandogli il braccio. E gli sferrò un pugno che lo fece barcollare. Subito gli si affiancò Paolo colpendolo duramente al petto. Fulmineo e feroce, il pestaggio si scatenò culminando in un'esplosione di violenza omicida. Cesare non accennò a difendersi e l'atterrita Sofia lo vide infine piegarsi in due e cadere pesantemente faccia a terra, esanime.

Tutto si era svolto così rapidamente che né lei né la madre, impietrite dalla sorpresa e dall'orrore, erano riuscite a intervenire. Adesso si buttarono accanto alla figura inerte, facendole scudo contro gli ultimi calci. Sofia udì il padre intimare: "Basta! La lezione l'ha avuta. Spero solo che non abbiate esagerato".

China sul marito, senza cedere alla tentazione di muoverlo, ma pensando a come rianimarlo, Sofia si rivolse alla madre. "Sali mamma e ghiaccio e un asciugamano per favore… No, non chiamare la servitù. Ce la faccio da sola".

Poi, volta al padre e ai fratelli, con una freddezza e un imperio di cui non si sarebbe mai creduta capace: "Uscite immediatamente di qui! Non voglio vedervi mai più!".

"Se vuoi puoi chiamare un medico…", propose il padre con un tono secco e sprezzante che la ferì.

"Andatevene tutti, ho detto! Lasciateci soli!".

Poco dopo Cesare riprese i sensi e lei fu in grado di aiutarlo a mettersi supino. Perdeva sangue da ferite e contusioni, una spalla era vistosamente uscita dall'alveo, le labbra erano spaccate, un gonfiore sulla tempia stava aumentando in modo allarmante, gli occhi erano pesti e semichiusi, faticava a respirare e a prima vista anche alcune costole erano seriamente danneggiate.

"Purché non ci siano lesioni al ventre!", pensò Sofia terrorizzata. "Chiamiamo un medico", insistette la madre. "Non qui. Voglio andare a casa", rispose Sofia con un tono che non ammetteva repliche. "Aiutami a portarlo in macchina. E' l'ultimo favore che ti chiedo". In due lo trascinarono con grande fatica oltre la porta finestra fino alla macchina, aiutandolo poi a stendersi sul sedile posteriore, e Sofia si mise al volante. "Credevo fosse bravo in arti marziali", furono le ultime parole che udì da sua madre, "Perché mai non si è difeso?".

"Non voglio denunciare i tuoi fratelli, portami a casa", ordinò il ferito in un tono che non ammetteva repliche.

"Ha bisogno di un ospedale", pensò Sofia, "ma come posso spiegare… Dio mio dove posso portarlo senza rischi di denunce...di polizia...? Forse indagherebbero su di lui più che sui miei fratelli. Ho paura di mio padre, di quello che potrebbe dire...".

Poi si ricordò di una piccola clinica privata dove era stata ricoverata sua suocera per una polmonite e dove lei, da nuora amorevole, era andata a trovarla ogni giorno. Là tutti li conoscevano e li avrebbero aiutati.

Ci arrivò con la disperazione nel cuore. Dietro, Cesare non parlava e non si muoveva e lei temeva il peggio. Poi, finalmente, lo caricarono su una barella e, a parte una diagnosi di commozione cerebrale, "Non grave! Non grave!", si affrettò a rassicurarla il medico, le altre lesioni, tra cui le costole rotte, furono giudicate guaribili in dieci giorni.

In realtà Cesare ci mise molto di più a rimettersi, ma perlomeno gli fu concesso di passare a casa la convalescenza e lei poté sommergerlo d'amore e di cure, col pancione che lievitava a vista d'occhio, le caviglie sempre più gonfie e uno stato di prostrazione invincibile, dovuto in parte all'ansia per lui e in parte al rancore e alla rabbia che provava per la sua famiglia, unitamente al dolore per averla irrimediabilmente rinnegata.

Rien ne va plus

Sofia arrivò stremata al momento del parto e fu un parto difficile, ore e ore di doglie, con Cesare accanto a lei che la incoraggiava e medico e levatrice che, le parve, non mostravano eccessivo ottimismo. Salvare la madre o salvare il bambino?

Alla fine furono salve entrambe, lei e una bimba che, quando gliela misero tra le braccia non suscitò in lei il benché minimo senso materno, ma, al contrario, un aperto disgusto. "E'...normale?" osò chiedere, vedendo la testina allungata, il visino viola e raggrinzito, le manine rugose e contratte.

"Ma certo, non preoccuparti, sta bene", la rassicurò Cesare abbracciandola. " Mi dispiace solo che ti abbia causato tanta sofferenza. Ma adesso è finita amor mio, è finita. Devi solo riposarti".

Finita, sì. Grazie alla gioventù e all'ottima salute di cui aveva sempre goduto, Sofia si rimise più in fretta del previsto e rapidamente tornò in piena forma. Purtroppo però Marianna, chiamata così per unire i nomi delle due nonne, non era affatto il bebé roseo e paffuto che ogni madre sogna e si aspetta e che evoca gli angioletti e i Bambin Gesù immortalati dai pittori, bensì rimase a lungo una creaturina stenta, esile e sgraziata che non dormiva né di notte né di giorno e vomitava sia il latte materno sia quello della balia fatta venire in tutta fretta dal Trentino. Si agitava nella culla muovendo freneticamente quelle sue gambine minuscole, magre come stecchi, emetteva grida disperate e disperanti, quando non gemeva piano. Aveva la testolina coperta di crosta lattea e occhietti cisposi. Un vero disastro!

Sofia, madre giovane e inesperta, non sapeva più cosa fare. Cullava quella sua piccolina mal riuscita con una tenerezza gonfia di pena, consultava medici, si sentiva inadeguata, ma, soprattutto, terribilmente delusa perché, dopo tanti sogni e speranze, le pareva che le fossero ingiustamente negate le normali, legittime gioie della maternità.

Poi, finalmente, la salvezza venne da un pediatra svizzero che prescrisse alla piccola Marianna un nuovo latte in polvere, da procurarsi, appunto, in Svizzera, consigliando di alternarlo progressivamente con latte di capra ben scremato.

In breve tempo il minuscolo sgorbietto aumentò di peso, smise di piangere, si abbandonò a profondi sonni tranquilli e, meraviglia delle meraviglie, mostrò infine ai genitori un faccino delizioso dalla pelle rosea e dagli occhi scintillanti, verdi come quelli del padre. Il suo primo sorriso strappò a Sofia lacrime di gioia. I primi riccioli scuri sulla testolina pelata furono festeggiati a champagne.

Sembrava dunque che tutto fosse tornato come prima, ma il danno ormai era fatto. Le traversie dell'ultimo anno pesavano sull'animo di Sofia che non riusciva a essere felicemente madre, rimpiangeva la famiglia pur detestandola, in un groviglio di odio e amore, e si attaccava sempre più morbosamente a Cesare che, invece, era sempre meno disponibile per lei perché sempre più preso dalla sua passione politica e coinvolto in attività clandestine.

Suo marito era decisamente cambiato. Non solo era sempre più impegnato nel lavoro frustrante che svolgeva, non a suo nome, per il noto studio di avvocati, ma il suo interesse principale era diventato l'antifascismo, l'operatività frenetica in gruppetti di intellettuali dissidenti che a volte si riunivano segretamente a casa loro, a volte in altre dimore e persino nelle chiuse stanze di una parrocchia dal prete amico. Resistenza che si ispirava al cattolicesimo liberale, al vecchio Partito Popolare di don Sturzo e che, sotto le nubi nere che progressivamente si addensavano sull'Europa e sull'Italia, preparava una riscossa lontana e rischiosa, ma non impossibile.

Col precipitare degli eventi: la guerra d'Etiopia, la guerra civile in Spagna, la nascita dell'Asse Roma-Berlino, l'assassinio dei fratelli Rosselli, l'invasione dell'Austria e, scandalo degli scandali, le ignobili leggi razziali, la loro casa fu frequentata ormai soltanto da antifascisti militanti che vi tenevano discussioni interminabili, vi scrivevano i loro articoli e libelli e paventavano una prossima, inevitabile guerra che avrebbe travolto l'intera Europa, se non il mondo.

Anche Sofia si sentiva coinvolta, anche lei deprecava quanto stava accadendo, anche lei era colpita dall'orrore delle leggi razziali. "Come ha potuto il re firmarle contro i suoi propri cittadini?!". E tuttavia... tuttavia... forse la situazione non era poi così tragica come sembrava, forse il Duce che tante cose buone aveva fatto per l'Italia checché ne dicessero i suoi detrattori, avrebbe capito gli errori e si sarebbe fermato, forse il Re avrebbe posto un freno alla deriva autoritaria e guerrafondaia del regime...

Comunque a che pro, con quali prospettive immediate e tangibili occuparsi sempre e soltanto di queste questioni, per importanti e dolorose che fossero. Col suo spirito di concretezza borghese, allevata in una famiglia di proprietari terrieri che aveva vissuto bene e liberamente gli anni del fascismo condividendone gli scopi e la politica, Sofia non riusciva più a capire appieno l'insopprimibile slancio ideale, l'appassionata furia democratica e libertaria di suo marito.

Certo, si sentiva pronta a ospitare e a nascondere tutti gli ebrei colpiti da ingiusta persecuzione, a dare lezioni private ai piccoli ebrei espulsi dalla scuola, ma a parte il fatto che non ne conosceva nessuno, il problema non le appariva poi così urgente.

Allo stesso modo, pur sapendo che la guerra civile spagnola era orribilmente fratricida, il suo cuore non poteva in nessun caso schierarsi coi "rossi" feroci sterminatori di preti e suore. Quanto a Hitler, che differenza c'era tra lui e Stalin? A quanto si sapeva, malgrado fosse ben poco, purghe e omicidi e campi di concentramento li accomunavano in un unico, delittuoso, sanguinario e spregevole regime totalitario.

Ma parlarne dalla mattina alla sera non risolveva niente. Anche per Cesare fascisti e comunisti erano fratelli gemelli. C'era tra i suoi nuovi amici resistenti un comunista, Marco, un tipo rozzo e muscoloso, faccia onesta e mani callose, perfetta immagine del proletario lavoratore (peccato che fosse un ricco rampollo di famiglia borghese e che le mani callose se le fosse fatte in barca a vela, pensava ironicamente Sofia che a volte orecchiava quanto si dicevano).

"Siamo alleati adesso per forza di cose", affermava Cesare, "ma non durerà. Combattete il fascismo perché per voi è l'ultimo stadio del tanto odiato capitalismo. Noi lo combattiamo perché è un regime totalitario. Perciò la nostra resistenza è già anticipatamente rivolta contro di voi. Se mai un giorno ci saranno in Italia libere elezioni e voi le vincerete, dovremo continuare a lottare perché nulla per noi sarà cambiato. Un totalitarismo probabilmente peggiore si sostituirà al regime per cui stiamo soffrendo e a causa del quale tante vite umane uniche e insostituibili sono già state sacrificate in guerre inutili".

"Puoi ben dirlo! Inutili e ingiuste!", si accalorava Marco. "L'unica lotta armata utile e giusta è la rivoluzione proletaria. La conquista del potere da parte del popolo, cui seguiranno pace e uguaglianza non solo tra gli individui, ma tra le nazioni".

"Lo so. Ciò che voi volete è la rivoluzione bolscevica sul modello sovietico", ribatteva Cesare, "ma mai e poi mai aderirò a un'ideologia perversa come il comunismo, feroce instaurazione di una democrazia fasulla, in realtà una dittatura del partito unico, imposta con la polizia segreta. Noi, democratici veri, vogliamo libere elezioni, legami indissolubili con le grandi democrazie occidentali e stato di diritto, diritto alla libertà, alla proprietà e alla ricerca della felicità come nella Costituzione americana. Anche noi vogliamo uguaglianza e benessere sociale, ma non certo il livellamento forzato che porta solo schiavitù e miseria".

"Ma va là! Questa è sporca retorica borghese!", commentava Marco in tono disgustato,"Inganno a profitto di pochi in una società ingiusta, marcia dalle fondamenta. Noi intendiamo costruire il futuro dell'umanità che sarà liberata non certo da voi, ma dal trionfo del socialismo. I lavoratori non dovranno più pagare per gli errori delle classi privilegiate. Chi ci ha dato il fascismo? Rispondi a questo!".

In verità Sofia ne aveva abbastanza di queste discussioni. Voleva che Cesare uscisse da quella stanza triste e fumosa e la portasse fuori, alla luce del sole. Fuori come un tempo. Per una passeggiata mano nella mano. Per un teatro o un concerto. Per un fine settimana in montagna. Per gioire, ridere, vivere. Voleva parlare d'altro con lui. Basta politica! Basta!

Tra l'altro, cosa ne sarebbe stato di lui, di lei e di Marianna, se l'Ovra l'avesse scoperto e arrestato? Se Cesare fosse finito in prigione? O al confino? O anche picchiato, torturato, addirittura assassinato? Attanagliata dall'angoscia, si sentiva sola e a disagio in un mondo sempre più estraneo, fosco, intristito da funesti presagi.

Solo nel loro letto, quando non si assentava per la serata o addirittura per la notte, ciò che accadeva sempre più spesso, Cesare era quello di sempre, esigente, appassionato, avido del suo corpo, attento al piacere di entrambi. Sofia faceva di tutto per compiacerlo, lo inseguiva con cieco amore lungo i sentieri delle sue inesauribili fantasie erotiche.

E quando alla fine si addormentava, esausta, a volte dolorante ma appagata dal piacere e intimamente felice, si diceva: "L'ho riconquistato, siamo una cosa sola lui e io, è mio, mi desidera ancora come io lo desidero…".

L'indomani però lui era di nuovo lontano, assente e lei ricordava di quando si era detta fieramente "Ho un amante come marito", constatando ora con crescente disagio che aveva *soltanto* un amante, non più un marito.

 "Non posso", rispondeva bruscamente Cesare ad ogni sua richiesta, "Fai tu, vai tu. Hai bisogno di soldi?".

Ma Sofia non voleva andare da nessuna parte senza di lui. Persi i contatti con la famiglia e quelli con gli amici della sua giovinezza, si accorgeva ora di essersi concentrata esclusivamente su suo marito, sui suoi amici e conoscenti, ansiosa di divenire parte integrante e indispensabile della sua vita e del suo ambiente.

Così ora, presa dallo sconforto e da un'angosciosa sensazione di fallimento, si isolava sempre più anche dalle nuove conoscenze con cui, improvvisamente, sentiva di aver poco da spartire. Gente troppo impegnata, troppo colta e cervellotica che lei aveva frequentato dapprima con grande interesse a fianco di Cesare, ma che adesso, con femminile perversità, giudicava pedante, monocorde, noiosa come la polvere.

Incominciò a riflettere sull'uomo che amava e che aveva sposato giovanissima.

Cesare era affascinante ma non allegro, amichevole ma non gioviale, cordiale ma riservato. Emanava una segreta carica di energia, una sorta di concentrata tensione che lo portava a emergere e a conquistare autorità ovunque si trovasse. Ma era considerato, malgrado la giovane età, un uomo intelligente e competente più che un giovanotto brillante e salottiero. Sorrideva spesso, ma rideva raramente. Dotato di senso dell'umorismo e portato all'ironia, divertiva gli amici con le sue osservazioni pungenti e azzeccate, ma non si abbandonava mai a una gaiezza spontanea e festaiola.

E Sofia si accorse che le mancava lo spirito scherzoso, scanzonato, goliardico dei suoi fratelli e degli amici d'infanzia, il loro modo leggero e spensierato di affrontare la vita.

Fare le cose "per gioco", chiacchierare a ruota libera di tutto e di niente, sfidarsi sportivamente "a chi arriva primo", a chi è più bravo in una qualsiasi attività ludica, scambiarsi confidenze da collegiali, prendersi in giro a vicenda, volersi bene per affinità elettive senza chiedersi il perché, ridere alle battute di spirito, organizzare un picnic, una grigliata all'aperto... Dov'era finita questa semplice, rassicurante "normalità"?

I tempi troppo brevi della sua gioventù interrotta le apparivano ora come un paradiso perduto. E fu invasa dalla tristezza. Pur amando sempre perdutamente il marito e godendo ogni attimo delle tumultuose notti di passione con lui, sognava, anzi voleva una vita diversa.

Cercò di rompere il suo crescente isolamento contattando alcune delle sue vecchie amiche, iscrivendosi a una scuola d'inglese dove ne conobbe di nuove e organizzando persino un fine settimana al mare con alcuni conoscenti simpatici, cui Cesare, per una volta, partecipò di buon grado.

Ma la solitudine, pane di ricordi che non sazia, divenne la sua ombra e la sua tristezza di fondo rimase lì, come un cuneo piantato nel petto.

Col passar del tempo, constatò un'amara verità: non si è tristi perché si è soli ma si è soli perché si è tristi.

La tristezza, le venne fatto di pensare, è come un sole nero che ti brucia dentro ma irradia fuori, colpendo con quei suoi raggi insidiosi le persone intorno e allontanandole da te. Nessuno ama le persone tristi. Purtroppo, spesso inconsciamente, rifugge da loro, le teme quasi fossero portatrici di una qualche malattia contagiosa. In qualsiasi gruppo, le persone tristi finiscono al macero.

E le venne spontaneo il paragone con la malinconica parabola dell'albero di Natale: decorato, scintillante di luci e di colori, è il fulcro della casa, attira intorno a sé tutti quanti, dal più grande al più piccino, regala gioia agli occhi e mette in festa il cuore; ma spogliato dei suoi ornamenti diventa un inutile impiccio e viene sloggiato in fretta, gettato via, fatto a pezzi, dimenticato.

"Così è per me", ragionava desolata Sofia. "Sono morta dentro e solo Cesare non se ne accorge. O invece se ne accorge e sto tediando anche lui… Sono così triste e sola che non oso neanche più tendere la mano a qualcuno".

Il miracolo

Invece accadde un miracolo. In strada, per puro caso, Sofia incontrò Giorgio, l'amico di un tempo, il fidanzato designato spazzato via dalla bufera del grande amore.

Lo riconobbe all'istante e sentì dentro di sé un timido palpito di vita. Era sempre lo stesso, il ragazzone dal bel viso aperto, l'atleta biondo e ricciuto che avanzava a lunghe falcate fendendo la folla.

Lui invece la guardò senza riconoscerla. Così sottile, pallida, sofisticata, con i capelli raccolti sotto un lieve incresparsi di piume e tulle, le labbra disegnate da un filo di rossetto, aveva attirato la sua attenzione solo perché bella. Poi, improvvisa, la scintilla, la sorpresa negli occhi, le mani tese, l'abbraccio.

"Sofia! Sei tu! Sei tu! Oh Sofia, quanto tempo...".

"Giorgio, caro, che gioia rivederti! Non mi par vero, credimi. Una splendida sorpresa! Ma dimmi, hai saputo? Della rottura con la famiglia intendo. Non vedo più nessuno. Ti prego, ti prego, dammi notizie. Voglio sapere tutto di te e di loro!"

"Allora vieni, sediamoci, beviamo qualcosa insieme. Hai tempo o sei di fretta?"

"No, no, ho tutto il tempo che vuoi. Ero uscita per comprare un golfino a Marianna. Lo sai che ho avuto una bambina? Sono mamma ormai... Non è buffo? Pensando ai vecchi tempi, voglio dire,,,".

Parole, parole, sorrisi, battute facili, ricordi, una

conversazione rasserenante, spensierata, condita di frivolezze. Come un tempo, tutto come un tempo. Il ritorno all'ovile della pecorella smarrita che dopo tante peripezie si accuccia contenta, lana contro lana, e respira gli odori a lei famigliari.

Due ore dopo erano ancora lì, a quel tavolino di caffè, felici come scolaretti in vacanza. E intanto lui le aveva preso una mano e di tanto in tanto la baciava.

Poi le chiese:"E adesso? Vieni da me. Abito qui vicino. Ci faremo una spaghettata. E' solo un pied-à-terre e non ho una cuoca... Ma insomma... ci arrangeremo...".

Lei rideva, incosciente. "Sì, sì, va benissimo...".

E camminando parlarono di tennis e di come suo fratello Paolo avesse vinto l'ultimo torneo.

"Un servizio imbattibile. Niente da fare per l'avversario. Non ha preso palla. Roba da non credersi. E sì che l'anno scorso il torneo l'aveva vinto l'altro".

Una volta in casa, non mangiarono affatto. Non subito almeno. Lui l'abbracciò stretta sollevandola da terra, ridendo. Poi la posò e incominciò a baciarla. Sulle guance, sul collo, sulle labbra. Anche lei rideva."No, no, Giorgio, smettila! Ma cosa fai? Sei matto? Giorgio! Comportati bene…".

E intanto lui la sospingeva verso il divano , le sollevava la gonna e passava la mano sulle sue calze di seta. E infine fecero l'amore, senza spogliarsi, quasi per scherzo. E lei pensò: "Tutto qui?" ed era serena. Neanche la sfiorò il pensiero di aver tradito Cesare. Non era successo nulla, in fondo. Un gioco, un gioco da ragazzi. Rassettandosi scherzava ancora. Sorrisi solo un po' imbarazzati, parole in libertà...

"Devo andare adesso. Cesare non c'è, ma chissà cosa penserà la tata di Marianna... E la cuoca poi... Mi sono dimenticata di ordinare la cena!".

"Ci vediamo domani? Dimmi di sì. Ti porto a fare un giro in macchina. Ho una splendida due posti che va come un razzo. Ti piacerà da impazzire...".

"Beh, sì, credo di sì. Nel primo pomeriggio. Ci troviamo allo stesso caffè, se la tua macchina non è troppo lontana da lì. Se no dimmi tu dove. Io devo solo organizzarmi un po'...".

Così era cominciata la favola bella e così era andata avanti, vissuta giorno per giorno, con infantile leggerezza. Sofia era tornata ragazzina. Viso luminoso, sorriso pronto, incedere danzante, tanta voglia di vivere che finalmente trovava uno sfogo nelle gite in campagna, nei picnic sull'erba, nelle corse in macchina col vento tra i capelli, nell'ascolto dei nuovi ballabili, spesso danzati guancia a guancia nel piccolo appartamento di lui, nelle occasionali partite a tennis quando non si rischiavano incontri pericolosi, nei coktail forse troppo alcolici che precedevano una spaghettata, nelle infinite, famigliari chiacchiere su amici e conoscenti, nelle risate per una battuta scherzosa.

Giorgio non parlava mai di cose serie o tristi, rifuggiva da malinconie e previsioni catastrofiche, leggeva i giornali ma non li commentava, tranne che per lo sport, ed era lieto dell'espansione coloniale e della proclamazione dell'Impero. "Tutte le nazioni hanno un impero coloniale. Perché mai l'Italia non dovrebbe ritagliarsi un suo spazio? Le sanzioni? Beh, un brutto scherzo della *perfida Albione*. Ma chi se ne frega... Siamo un grande Paese e un grande popolo. Ce la faremo benissimo da soli".

La stessa clandestinità che, per forza di cose, confinava i loro incontri a un rapporto a due, era per loro motivo di eccitante divertimento, un gioco a nascondino che impegnava entrambi nella ricerca di posti segreti, sconosciuti, da scoprire insieme. Piccole osterie, posti popolari dove si giocava a bocce e si ballava il *liscio*, locali semi-clandestini dove si suonava il jazz, persino il Lunapark e, una volta, il Circo, dove Sofia si sciolse d'ammirazione per gli acrobati,

Quanto al far l'amore, sembrava anch'esso un gioco innocente. Ammaliava Giorgio che, perennemente stupito e grato della sua fortuna, possedeva Sofia con rispetto e delicatezza, quasi temesse di rompere l'incanto, e non turbava Sofia la quale, paragonandolo inconsciamente all'esigente Cesare, non dava importanza alla cosa e lo lasciava fare con grazia, felice di rendere felice, con così poco, un così caro e simpatico amico.

Quelle giornate piacevoli, condite di tante gioie piccole e golose come pasticcini, sembravano non dover finire mai e Sofia, appagata, ne godeva ogni attimo.

Un giorno andarono a fare un picnic sul Ticino, ma il

posto era così deserto, l'acqua così limpida e tranquilla nella piccola ansa che si trovarono davanti che decisero di fare un bagno. Si spogliarono, la loro imprevista nudità li tentò e li indusse a fare l'amore sul greto. Giorgio si stese sotto di lei per evitarle le asperità del terreno e quando si rialzò aveva i segni dei ciottoli sulla schiena e sulle natiche. Lei li contò ad uno ad uno e ne rise. Poi entrarono in acqua, un'acqua deliziosamente fresca, dove sguazzarono e si spruzzarono a vicenda come bambini giocherelloni.

Infine ammucchiarono i loro vestiti sul pietrisco e vi si stesero sopra pancia all'aria respirando a pieni polmoni l'aria pura appena smossa da una brezza leggera. Sofia guardava in alto quel cielo appena punteggiato da piccole nuvole capricciose ed era felice.

Si sentiva pervasa d'amore per tutti: Giorgio, Cesare, la sua figliolina, sua madre, suo padre e i suoi fratelli che pensava di poter perdonare, l'umanità intera stretta in un unico abbraccio. "Siamo tutti sotto il cielo, siamo tutti sotto il cielo", si ripeteva beata, sentendosi leggera come una farfalla in volo. Ed era grata a Giorgio per quella magnifica giornata.

Mangiarono tramezzini, bevvero buon vino e infine fecero persino una breve siesta mentre il sole calava lentamente all'orizzonte.

Un'altra volta andarono a far colazione sul lago Maggiore dove si abbuffarono di filetti di pesce persico fritti. Seguì una lunga passeggiata nei boschi in un soffuso tremolio di luci e foglie e, come al solito, Sofia era allegra, traboccante di vitalità, soddisfatta di se stessa e del mondo.

Stranamente però, dopo quelle giornate così piacevoli non le dispiaceva tornare, non sentiva dentro di sé un nostalgico "ancora un po'", un "è ancora presto, che fretta c'é?".

Era come andare al cinema o a teatro dove anche la più bella e interessante delle rappresentazioni ha i suoi tempi e puntualmente finisce. Se ne gode durante, ma senza aspettarsi che continui oltre il previsto. E' logico e normale che sia così. Basta uscirne soddisfatti. Così lei tornava tranquillamente alla sua quotidianità domestica, funzionando come un orologio ben caricato che segna puntualmente le ore.

E Giorgio? A volte la pregava di restare con lui un po' di più, ma sapeva che non era il caso di insistere. Lei era una donna sposata, di tanto in tanto sua per grazia ricevuta. L'amava troppo per farle correre dei rischi inutili. Così, anche su questo regnava tra loro un tacito accordo e la loro relazione proseguiva serena e senz'ombre. Finché un giorno…

Un fine settimana, in assenza di Cesare, andarono a sciare, alloggiando in un delizioso alberghetto sperduto nel silenzio, tra alte cime innevate. Si sfidarono sull'unica pista, dopo un'ardua salita con le pelli di foca, passeggiarono nella neve alta lungo un ruscello semi ghiacciato e la sera cantarono in coro fino a tarda notte con un gruppo di gitanti festaioli, bevendo vino caldo e grappa. Una serata memorabile.

Finirono con l'addormentarsi abbracciati, stanchi e un po' brilli, sotto vecchie travi di legno, con un ultimo sguardo alla luna che li guardava   benigna da una finestrella senza imposte.

L'indomani, al risveglio, Sofia, dopo aver cercato di lavarsi sommariamente nel lavabo della mansarda, spruzzando per scherzo un Giorgio semi addormentato, si sedette sul letto e si chinò per infilarsi le calze. Colta da una nausea improvvisa, si rialzò, respirò a fondo e si chinò di nuovo. Niente da fare. La nausea ritornò e fu un attacco più violento del primo. La lasciò stordita, con la testa che le girava e un rigurgito amaro in bocca.

"Sono gli stravizi di ieri sera", pensò. Si fece forza e si alzò in piedi, ma la nausea non passava, lo stordimento neppure e fu colta da violenti conati di vomito che dominò a stento. Si trascinò fino al lavabo, si sciacquò la bocca, si lavò i denti , poi tornò a distendersi sul letto e aspettò.

"Non preoccuparti. Sto benissimo" rispose a Giorgio ormai sveglio, stupito dal suo andirivieni.

Ma non stava affatto bene e all'improvviso la colse un pensiero raccapricciante, un'ipotesi che le tolse il fiato, la paralizzò mentre il suo cuore batteva all'impazzata.

"Dio mio, Dio mio fa che mi sbagli, fa che non sia vero! No! No! Non può essere vero! Dio mio, Dio mio… non posso… non posso neanche pensarlo!".

Ma inesorabilmente ricordava: Marianna, la gravidanza, i primi mesi. La consapevolezza. La certezza. La stessa certezza che l'assaliva ora, suo malgrado, come una pugnalata in pieno petto. Giacque immobile a lungo, fingendo di riaddormentarsi, mentre nel suo cervello si affollavano vorticosamente possibili risposte al che fare, un'urgenza che s'imponeva adesso, subito, ma che si proiettava sul domani, sul dopodomani e sui mesi e anni a venire.

Cesare... Giorgio... chi era il padre del piccolo essere che insidiosamente si annidava nel suo ventre? Cesare, quasi certamente.. Con lui nessuna precauzione. Ma Giorgio? Quali precauzioni avevano preso Giorgio e lei nella loro beata incoscienza?

S'interrogò febbrilmente. Quante volte e quando era successo che lui si abbandonasse semplicemente in lei? Praticamente sempre, dovette ammettere. Lei aveva solo badato a evitare i giorni centrali del ciclo. Non si vedevano quotidianamente, quindi, in teoria, era possibile che ci fosse riuscita.

Ma gli altri giorni? Non si poteva forse concepire anche negli altri giorni? E poi, era sicura di aver calcolato davvero i tempi giusti? Il suo ciclo era irregolare e lei era distratta, non avvezza a preoccuparsene. Così, se davvero, Dio non volesse, era incinta, mai avrebbe saputo con certezza chi era il padre di suo figlio.

Colta da un'ondata di gelo, in cui si mescolavano senso di colpa e paura del domani, s'impose di calmarsi, riuscì a vestirsi e persino a sorridere a Giorgio.

"Torniamo a casa subito. Vuoi? Dopo le bevute di ieri sera mi è venuto un gran mal di testa. A te no? E poi guarda, il tempo si sta guastando". Tornarono. In macchina lei gli prese improvvisamente la mano e la baciò con tenerezza e pena. Non lo avrebbe rivisto mai più. Lui la guardò perplesso. "Tesoro…" mormorò. Non sapeva che quello era il suo modo di dirgli addio.

Ti ho tradito per nostalgia

Per due giorni Sofia meditò. Poi riuscì a scrivergli un biglietto. "Caro Giorgio, è stato bello rivederti per caso. Ma non posso né voglio frequentarti oltre. Sono certa che ne capirai i motivi e che ti comporterai da gentiluomo quale sei. Se i rapporti con la mia famiglia torneranno normali, allora tutto sarà diverso e sarà una grande gioia per me rinverdire la nostra antica, fraterna amicizia. Abbi cura di te in questi tempi bui e saluta tutti i miei cari per me. Con affetto. Sofia".

Non le sembrava un biglietto compromettente e sperava che Giorgio avrebbe capito l'irrevocabilità della sua decisione, ma per prudenza evitò di uscire di casa adducendo a pretesto malesseri inesistenti. A parte le nausee mattutine, stava infatti benissimo. Le mancava solo la conferma medica del suo stato e, quando l'ebbe, si fece forza e comunicò la notizia a Cesare che ne fu felicissimo.

"Cara, amore mio, è la notizia più bella che tu potessi darmi! Un altro figlio! Ma quando... quando pensi che nascerà?". "Non lo so con certezza. Secondo il ginecologo sono al terzo mese. Ma sai com'è...". Osò ridere e persino arrossire. "Facciamo l'amore tanto spesso e il mio ciclo è così irregolare...".

Cesare era al settimo cielo. Trovò di nuovo del tempo per lei, colmandola di attenzioni, fiori, piccoli regali, conditi di continue esortazioni a non stancarsi, non correre rischi, pensare solo al bambino, che accentuavano il suo rimorso e il suo senso di colpa.

Ma quando il suo stato divenne visibile e si affacciò il pur remoto rischio che, chissà come, Giorgio ne venisse a conoscenza, Sofia chiese a Cesare di potersi trasferire in campagna, da zia Maria Teresa, la simpatica e affettuosa sorella di sua suocera che aveva da poco perso il marito.

"Si prenderà cura di me e io di lei", disse, "e ho tanta voglia di respirare un po' d'aria buona, di passeggiare in pace nel verde. Porterei con me Marianna e la tata. Pensi di potertela cavare senza di noi?".

Cesare fu entusiasta della proposta. Le parve anzi di cogliere un certo sollievo nella fretta con cui accettò. Poteva tornare alla sua vita, ai suoi impegni politici e di lavoro, sapendo le persone care contente e al sicuro. Così Sofia si trasferì, prevedendo un lungo soggiorno. Cesare sarebbe venuto a trovarle, quando poteva, nei fine settimana.

In solitudine, passeggiando tra campi e boschi con la piccola Marianna che alternava i primi incerti passi a riposanti soste sul passeggino, Sofia poté infine riflettere con lucidità su quanto era accaduto e sulla decisione presa, l'unica possibile. Solo Cesare poteva e doveva essere il padre del bambino. Di questo era sicura. L'angoscia, i rimorsi che la tormentavano li avrebbe sepolti nel silenzio e nel buio della sua coscienza. Nessuno doveva né sapere né supporre una verità che comunque era tale soltanto al cinquanta per cento.

Sul perché avesse tradito suo marito, Sofia si sentiva invece in alto mare. A quanto aveva sentito dire, le mogli, perlomeno quelle appartenenti alla categoria delle "donne perbene", tradivano i mariti per due ragioni. S'innamoravano perdutamente di qualcun altro e allora erano dolori, potevano addirittura finire col suicidarsi come l'infelice Anna Karenina sotto un treno o Madame Bovary avvelenandosi. Oppure erano insoddisfatte di un rapporto coniugale deludente come la sua amica Silvia (a proposito, chissà se si era presa davvero un amante? Improbabile perché quel suo marito che "sentiva troppo" perseverava nel metterla incinta. Doveva ricontattarla per notizie) e in questo caso frequentavano di nascosto un maschio più... dotato, al solo e unico scopo di provare di tanto in tanto quel piacere di cui avevano letto nei romanzi.

Ma lei? Lei non solo era più che appagata dal suo rapporto col marito, ma non si era affatto innamorata di Giorgio, anzi il suo affetto per lui era puramente fraterno.

"Ho sempre amato Cesare", si disse, "eppure qualcosa si è rotto in me, mi ha offuscato la vista e chiuso la gola, senza nessuna vera ragione ha messo nebbia e sole nella mia testa, mi sono regalata giorni e giorni di assenza, sì, di assenza... E tra nebbia e sole mi sono persa come se quel limbo non dovesse finire mai".

Affabulando con una vena poetica insolita in lei, Sofia rifuggiva dalla cruda verità che infine la colse all'improvviso come uno schiaffo in piena faccia.

"Mi sono prostituita! Ho concesso il mio corpo in cambio di notizie della mia famiglia, di un po' di spensieratezza, di allegria e di svaghi, della serenità di un rapporto facile con una persona simile a me, un mio doppio in cui mi riconoscevo come in un gemello. Voleva il mio corpo? Non mi costava niente darglielo. La famosa ciliegina sulla torta… Un grande piacere per lui e, in cambio, tante gioie innocenti per me! Mi sono prostituita! Non per denaro, no, non come le oneste professioniste che ne hanno bisogno per vivere. Ho tradito Cesare per nostalgia!".

E si affacciò alla sua mente un pensiero nuovo, a metà strada tra il molesto e l'assolutorio:

"In fondo, in ogni donna si nasconde una prostituta", constatò a malincuore, "la natura ci ha fatto passive, possibili infingitrici, per cui concedere il nostro corpo ci è facile. Il nostro desiderio è invisibile, indimostrabile. Siamo riceventi. Perciò possiamo prestare il nostro corpo a interessi che l'uomo paga senza saperlo. Gli uomini non ammettono questa semplice verità e vedono sempre una distanza incolmabile tra una donna onesta e una prostituta".

Ma la differenza, spesso, stava solo nella moneta di scambio, denaro contante da un lato e beni diversi, a volte immateriali dall'altro: rispettabilità, status sociale, sicurezza, tipo di vita sognato, un lavoro se si aspirava a lavorare, figli se il ventre invocava la maternità, e poi sempre, sempre il soddisfacimento dell'inguaribile vanità femminile, il desiderio e la fierezza di sentirsi ammirate e desiderate dall'altro sesso. Tra i valori di scambio, infine, ci potevano essere anche l'affetto, l'amicizia di una persona che si desiderava soddisfare.

"Ci è facile concederci, senza desiderio e senza amore, in cambio di qualcosa cui teniamo assai più che al nostro corpo", si disse Sofia, "perché noi sole gestiamo il nostro desiderio. Anche se ci serviamo delle stesse parti del corpo (ma non è così anche per altre parti?), non utilizziamo nello stesso modo la sensibilità e i sentimenti. L'atto in sé dura poco mentre la vita è lunga e complicata. Durante un abbraccio, mentre il desiderio maschile è evidente e lui cerca attivamente il piacere, noi donne possiamo pensare ai fatti nostri, al limite leggere il giornale o dire il rosario e sentirci innocenti".

Eppure le donne davvero oneste esistevano, eccome se esistevano! E allora dove stava la differenza? La risposta le apparve con trasparente ovvietà.

"A fare la differenza è l'amore. Unicamente l'amore!". Quel sentimento irrazionale e generoso che ti cade addosso come un frutto dall'albero, che fa sì che tu non mercanteggi e che, se le qualità dell'amato suscitano in te ammirazione e rispetto, i suoi difetti non provocano intolleranza, ma ti fanno solo sorridere.

Però, rifletté Sofia, non certo l'amore dettato dal famoso precetto: *ama il prossimo tuo come te stesso*. No. Quell'amore lì non bastava!

"Ormai lo so", disse a sé stessa, con un pizzico di amarezza, "perché quel precetto io l'ho messo in pratica. Ho sempre amato Cesare. Non ho smesso di amarlo amando *anche* me stessa! Ho solo amato me stessa *come* amavo lui. No, il precetto purtroppo non vale in questi casi: bisogna amare l'altro non *come* ma *più* di se stessi! Solo se avessi amato Cesare *più* di me stessa non l'avrei tradito e non gli imporrei ora un figlio probabilmente non suo. L'ho capito tardi ma l'ho capito".

"Adesso so", si disse ancora Sofia, "che nell'inevitabile *do ut des* della vita il mio *des* è Cesare, soltanto lui. Certo, l'amore è sfacciato e furioso, rompe gli argini della vita come un'onda anomala e io ho cercato maldestramente di ricostruirli quegli argini, senza riuscirci perché l'amore li ha travolti di nuovo e con più forza". Sospesa tra rimorso e riscatto, Sofia si accorse allora di accettare infine Cesare senza riserve.

Messo drammaticamente alla prova, il suo amore per lui, da entusiasta e acerbo che era, si era fatto maturo, convinto e profondo. Lo amava così com'era, con le sue durezze e i suoi silenzi, la sua inaccessibilità e la sua prepotenza, le sue ambizioni e le sue frustrazioni, la sua non scalfibile corazza di serietà. Lo amava persino per quell'insana passione politica che prima o poi, lo intuiva, lo avrebbe portato lontano da lei. Lo amava perché era lui, senza chiedere niente in cambio se non la sua felicità.

Di riflessione in riflessione, raccogliendo foglie, bacche e fiori di campo sotto un cielo di madreperla, ascoltando il frenetico cinguettio dei passeri che volavano in tondo prima di nascondersi tra gli alberi per la notte, Sofia provò un certo timido sollievo. Si sentì più forte, più libera di guardare al futuro e di accettare senza timori né rimpianti il piccolo essere che portava in grembo. Rivolse un ultimo, malinconico pensiero a Giorgio. Aveva voluto ciò che le mancava e si era servita di lui per ottenerlo. Accecato dal suo amore giovanile, Giorgio, il suo più caro e vecchio amico, aveva equivocato. Aveva scambiato un prestito per un dono. E lei era molto triste per lui. Traditrice anche nei suoi confronti.

Il male oscuro

Il sentirsi accomunata a tutte le creature del suo sesso non cancellò il senso di colpa di Sofia, ma lo circoscrisse all'inganno nei confronti del marito.

Non si vide più come un mostro di immoralità, una donna perduta senza remissione e affrontò la gravidanza con tranquillità, malgrado l'ansia che provava pensando all'ignaro Cesare.

L'aiutava il compito di consolare zia Maria Teresa per la perdita del marito. Pensava al dolore che avrebbe provato lei se avesse perso Cesare e trovava le parole giuste, i gesti semplici e gentili capaci di lenire il dolore dell'altra, strazio che certamente superava di gran lunga le sue ambasce.

Infine, nei tempi previsti e in modo quasi indolore nacque il Picci (nome di battesimo Pietro, dal nome del defunto padre di Cesare), un bebé così bello, sano e robusto che tutti se ne innamorarono all'istante. Era il puttino, l'angioletto dei dipinti che Sofia aveva sognato da ragazza e il fatto che fosse un maschio soddisfaceva appieno i segreti desideri di Cesare. Sofia l'allattò al seno e anche questa fu una gioia grande. Finalmente il suo senso materno si era risvegliato e ne beneficiò anche la piccola Marianna, coinvolta nella cura del fratellino.

Solo col passar dei mesi e poi degli anni, le ansie di Sofia tornarono a tormentarla. A chi assomigliava il Picci?

"E' il tuo ritratto amore", affermava Cesare deciso, "e ti amo ancora di più perché mi hai dato un figlio che assomiglia a te. Vedo te in lui".

A prima vista era così. La forma a cuore del viso, il taglio allungato degli occhi, la bocca generosa, erano senza alcun dubbio quelli materni. Ma quei capelli così biondi, quell'incarnato così chiaro, quel corpicino muscoloso che non aveva niente della longilinea snellezza di entrambi i genitori, ereditata invece da Marianna, quelle manine forti e quadrate, così diverse da quelle magre e nervose degli altri membri della famiglia… Più lo osservava crescere e più Sofia ritrovava in lui Giorgio, i suoi colori, la sua corporatura robusta, persino il suo sorriso, il suo modo di porsi socievole e spavaldo.

Ma come si poteva leggere tutto ciò in un bambino? Probabilmente la sua era solo un'assurda ossessione, il frutto velenoso della colpa inconfessabile che gravava sulla sua coscienza.

Le pareva che col Picci venisse alla luce tutto ciò che era in ombra, come quando il vento d'autunno spazza via le foglie e gli alberi appaiono nudi nell'aria rarefatta. Ed era sempre più certa che quello fosse proprio il figlio della colpa, marchiato all'origine dal suo peccato. Se Cesare avesse saputo la verità lo avrebbe amato come lo amava? E, se Giorgio l'avesse saputa, non avrebbe cercato di rivendicare la sua pur incerta paternità? E lei, non l'avrebbero forse disprezzata entrambi per la sua consapevole menzogna? E che ne sarebbe stato del Picci, figlio di tutti e due e di nessuno? Con lo scoppiare della guerra, Sofia ebbe ben altri pensieri e preoccupazioni, tra cui quella pressante per Cesare, partito per l'Africa e tornato dopo pochi mesi gravemente ferito, aggiunta ai timori per suoi fratelli e per Giorgio (non sapeva bene chi fosse in aviazione e chi in marina o nell'esercito di terra) di cui non aveva alcuna notizia.

Ma quando Marianna le parlò ingenuamente del demone che ogni notte andava a trovare il Picci ("si divertono molto insieme", aveva detto), Sofia si sentì gelare. Vide in ciò una sorta di conferma di ciò che temeva, una qualche degenerazione, un male oscuro che per colpa sua gravava sul figlio tanto amato.

In teoria non credeva nell'esistenza del demonio, ma ricordò una frase che qualcuno le aveva detto e cioè che l'astuzia del diavolo sta proprio nel far credere di non esistere. E le tornò anche il ricordo di una poesia che Cesare le aveva letto poco tempo prima, a proposito del male che imperversava ovunque e che l'aveva colpita. Era, le sembrava, di un poeta francese, morto alla fine della Grande Guerra in cui aveva combattuto, e diceva press'a poco così: *"Ci sono lupi di ogni sorta e io conosco il più inumano, il cuor mio se il diavolo una volta lo trascina alla sua porta, come un trastullo ce l'ha in mano"*.

Turbata e spaventata, decise che comunque stessero le cose, sia che ci fosse un fondo di verità nel racconto di Marianna, sia che il presunto demone amico del Picci fosse solo una pericolosa fantasia infantile, non poteva tollerare che il cuore del suo diletto figlio fosse un trastullo del diavolo, né poteva permettere che il Picci credesse, o anche solo pensasse al demonio come a un caro amico.

Dopo aver cercato di approfondire la vicenda con la figlioletta che le parve ben contenta di rivelarle tutti i particolari e di liberarsi così di un pesante fardello, confermando però i suoi timori, si recò dal parroco e, in confessione, gli raccontò del Picci, del presunto amico demone in visita nel suo letto ogni notte e gli chiese consiglio. Non disse nulla, invece, del perché delle sue angosce. Nessuno doveva sapere.

Il parroco era un vecchio signore che in gioventù aveva abbandonato gli agi di una ricca e nobile famiglia per farsi prete e svolgere il suo apostolato in una parrocchia di campagna, tra la povera gente.

Aveva vissuto la Grande Guerra come cappellano militare sul Carso, assistendo impotente alle inaudite sofferenze dei soldati nel fango e nella neve delle trincee, agli ordini criminali di chi li mandava al macello sotto la mitraglia per conquistare pochi inutili metri di terreno, alle strazianti morti per cancrena e per fame di tanti giovani innocenti. Ricordava come un incubo le decimazioni insensate, la ritirata di Caporetto con ragazzi che si reggevano le viscere dal ventre squarciato dalle granate, il dolore e l'amara, delusa solitudine dei reduci.

Poi le brutali e sanguinose turbolenze del dopoguerra,

l'avvento del fascismo, qualche anno, malgrado tutto, di speranza e di lavoro per i poveri, le campagne di nuovo fiorenti, le colonie estive per i bambini, i Patti Lateranensi per la Chiesa. Ma ben presto di nuovo guerre, esaltate da una retorica che lo disgustava. Infine la degenerazione del regime, le ignobili leggi razziali che discriminavano i cittadini, la seconda Grande Guerra che seminava ovunque morte e distruzione, orfani e vedove da consolare.

Fino all'ultimo, imperdonabile, episodio di ferocia. Aveva dato asilo nella soffitta della canonica a due giovani partigiani; il terzo, loro compagno, era stato fucilato per aver ucciso un tedesco rimasto ultimo di una pattuglia in ritirata verso le Alpi. Ma la notte i due uscirono di soppiatto e, per vendicarlo, andarono ad assassinare una coppia di sposi nel loro letto. Lei era incinta di otto mesi e la sventrarono. Poi tornarono in parrocchia. "Erano schifosi repubblichini", dissero, "due di meno!".

Il parroco non aveva avuto animo di denunciarli, ma al solo vedere le loro facce deformate dall'odio, il loro ghigno mentre gli dicevano "Sei fascista anche tu? Ringrazia il tuo Dio se ti lasciamo vivere, stronzo!", aveva sentito di odiarli a sua volta. Feccia dell'umanità! Per fortuna se ne erano andati spontaneamente. Ma solo Satana poteva essere l'artefice di un tale disordine morale.

Nel buio della sua chiesa, davanti all'unico grande cero che teneva acceso a fianco del tabernacolo, il vecchio parroco confidava ogni giorno a Dio il suo sgomento e la sua disperazione. Era mai possibile che il male vincesse sempre? Gli orrori di cui era stato ed era testimone potevano significare una cosa sola: o Dio era buono ma non onnipotente, oppure era onnipotente ma non buono. Se buono e anche onnipotente sarebbe intervenuto per fermare le malvagità più scandalose e intollerabili e salvare gli innocenti. Se solo buono invece… o se solo onnipotente…

Pensieri blasfemi che intaccavano la sua fede e lo inducevano a bere un bicchiere di troppo, la sera, da solo nella sua stanzetta fredda e spoglia. Leggeva testi sacri fino a tarda ora e a volte ne trovava di consoni al suo tormento. Uno in particolare, tratto dal libro del profeta Abacuc, che copiò su un foglio per appenderlo davanti al letto.

"Fino a quando Signore implorerò aiuto e non ascolti, a te alzerò il grido Violenza! e non salvi? Perché mi fai vedere l'iniquità e resti spettatore dell'oppressione? Il Signore rispose e disse: scrivi la visione e incidila bene sulle tavolette perché la si legga. E' una visione che attesta un termine, parla di una scadenza e non mente; se indugia, attendila perché certo verrà e non tarderà. Soccombe colui che non ha l'animo retto mentre il giusto vivrà per la sua fede".

Ecco, la ragione era inutile, ci voleva la fede. E allora per spiegare il male bastava ricorrere ai Vangeli che parlavano di Satana, il luciferino principe del male che aveva osato tentare persino il Cristo. Ma il Figlio di Dio lo aveva scacciato, aveva vinto la morte e promesso la redenzione, la salvezza e la felicità eterna. Bisognava ritrovare la certezza che questa vita fosse solo un luttuoso, ma breve luogo di passaggio, dove Satana imperversava se non veniva fermato in tempo da una lotta senza quartiere contro il suo perverso operare. Bisognava credere che tutte le vittime avrebbero avuto giustizia da Cristo Gesù nella vita eterna, l'unica che contasse davvero.

Ma Satana esisteva, il vecchio parroco ne aveva viste troppe per non esserne convinto. E quando Sofia venne a parlargli credette al suo racconto e capì il suo turbamento.

"Bisogna sempre lottare contro il male", le disse, "comunque e ovunque si presenti. Un bambino così piccolo, allevato cristianamente e con amore, non può e non deve aver niente a che fare con presenze diaboliche. Bisogna estirpare questo male alla radice e solo Dio può farlo, tramite la Santa Chiesa. Conosco un frate cappuccino esperto in questo genere di pericoli che può aiutarla a salvare suo figlio. Si rivolga a lui a nome mio e vada in pace figliola. Vedrà che tutto si risolverà. Pregherò per voi col massimo fervore e vi ricorderò nella Messa".

Valle di lacrime

Sofia avrebbe voluto seguire subito il consiglio del sacerdote, ma rifletté che era suo dovere parlarne prima col marito. Forse l'avrebbe presa per pazza, forse si sarebbe opposto, ma doveva comunque esser messo al corrente degli ultimi strani avvenimenti. Arrivata a casa però, sentì la voce di Cesare elevarsi alterata, rotta dall'angoscia e si fermò, preoccupata, ad ascoltare.

"Dobbiamo assolutamente evitare altri inutili spargimenti di sangue", diceva. "Ciò che conta è rovesciare il regime e ci siamo quasi. Ma per favore non piombiamo negli orrori di una guerra civile! Se dovessimo far fuori tutti i fascisti l'Italia rimarrebbe spopolata. Quanti possono vantarsi di non aver mai preso la tessera del Fascio? Ricorda che tra i professori universitari solo undici non hanno giurato. E le folle oceaniche che osannavano il Duce in piazza Venezia? Dobbiamo forse spazzarle via a colpi di mitra? E i soldati morti in Africa, in Russia, in Grecia, combattendo sugli aerei o imbarcati sulle navi? Dobbiamo forse sputare sulle loro salme solo perché sono morti in una guerra sbagliata? O non piuttosto piangere sulla loro fine immatura e sulle terribili sofferenze che spesso l'hanno preceduta? Credimi, non so come fare a dire a Sofia che suo fratello Paolo e il suo caro amico Giorgio sono entrambi morti, morti, morti, capisci? E riesci anche solo a immaginare cosa proverà lei quando lo verrà a sapere?"-

Incredula, paralizzata da un dolore lancinante, Sofia per un attimo perse la cognizione del tempo e dello spazio. Vedeva solo i visi amati dell'amico e del fratello apparire e scomparire davanti a lei, a tratti nitidi, a tratti inghiottiti da una fitta nebbia. Giorgio… Paolo… così giovani, così fiduciosi nel futuro, così allegri e vivi… come potevano dissolversi e scomparire nel gelido "mai più" della morte?

"Mai più, non li rivedrò mai più, mai più…" si ripeteva, instupidita Sofia. Tremante, non riusciva neanche a piangere. In piedi, immobile dietro la porta semi chiusa, continuava a sentire la voce di Cesare e vi si aggrappava come a un'ultima ancora di salvezza. Restava lui… restava lui.

Ma anche lui era triste. La sua voce era carica di impotente disperazione. Lo intravvedeva attraverso lo spiraglio della porta mentre non riusciva a scorgere il suo interlocutore. Passeggiava avanti e indietro fregandosi le mani e arruffandosi di tanto in tanto i capelli con rapidi tocchi contro pelo.

"Guardami", si lamentava, "ho trentacinque anni e nella vita non ho combinato niente, tranne scribacchiare su fogli clandestini letti da pochi e arrabattarmi su scartoffie legali usate da altri. Dimenticavo: mi sono anche ritrovato in fin di vita combattendo da alleato con i nazisti che aborrisco. Che io ricordi non ho fatto altro in vita mia che resistere. Ho rinunciato a tutto per questo: alla carriera diplomatica, al denaro, al giornalismo, alla professione di avvocato che ho dovuto esercitare umiliandomi, agli amici di gioventù e a molte altre cose ancora, compreso il desiderio di andarmene all'estero. Ho solo un po' di terre al sole e non mi piace occuparmene. Riesco a malapena a distinguere il frumento dal granturco e non sono neanche capace di farmi pagare l'affitto dai contadini. Se morissi domani morirei da fallito ed è questa la cosa più tremenda! Dove sono finiti i miei sogni, le ambizioni dei miei vent'anni?".

Cesare si accalorava parlando e Sofia finalmente riusciva a piangere. Inarrestabili lacrimoni sgorgavano dai suoi occhi e bagnavano la sua camicetta ormai lisa per i troppi lavaggi.

"Questo ha significato per me la parola resistenza: resistere, semplicemente riuscire a resistere giorno dopo giorno, comunque, anche senza speranza, anche sapendo che la mia vita, la mia unica vita, quella che non potrò mai riavere indietro, non sarebbe stata altro che un grigio trascorrere dei giorni, anche accettando di non essere nessuno e di offrire a mia moglie solo un inutile signor nessuno, pur potendo essere qualcuno.

Ma tutto questo perché credi che l'abbia fatto? Per vedere un giorno centinaia di tedeschi uccisi a guerra persa e centinaia di fascisti impiccati a fine regime? No, non è stato per questo, ma per essere pronto, se e quando l'Italia sarà da rifare, a dare il mio contributo. E concorderai con me che la resistenza armata non è l'unica possibile…".

"Le nostre brigate armate vi fanno comodo però!".

Dalla voce Sofia capì che a parlare era l'amico comunista Marco. "Siamo i migliori, i più numerosi e i meglio organizzati. E sono convinto che senza di noi l'Italia non potrebbe sopravvivere all'immane catastrofe in cui l'hanno precipitata i nazi-fascisti".

"Non nego che siate i più efficienti e organizzati e vi rispetto", rispose stancamente Cesare, "anche se, dovessi imbracciare un'arma ora, mi batterei con brigate armate d'altro colore. Però credimi, il valore della resistenza non è tanto militare quanto politico, anzi, soprattutto politico! Ci permetterà di sederci a un tavolo con un briciolo d'onore quando questa dannata guerra sarà finita. Allora voi combattenti sarete venerati come eroi. Ma in realtà, adesso, militarmente, ci fanno ben più comodo le armate alleate. Solo da loro, dal loro sangue versato per noi, potrà venire la nostra liberazione e forse, col loro aiuto, riusciremo anche a evitare una sanguinosa guerra civile".

Cesare sembrava essersi un po' calmato, mentre Sofia non ce la faceva più. Il pianto silenzioso stava esplodendo in singhiozzi sempre più rumorosi e violenti. Così lei spalancò la porta e corse a buttarsi tra le braccia del marito.

Il giorno dopo, piangendo ancora e ancora, scrisse una lettera alla madre, confidando in una rappacificazione che avrebbe lenito il dolore di entrambe.

"Cara mamma, il mio desiderio di riabbracciarti, di riabbracciavi tutti è così grande da superare persino l'indicibile dolore che provo per la morte di Paolo.

Penso che sia stato un terribile errore spezzare i legami d'amore che ci univano e ti chiedo umilmente perdono per la mia parte di colpa. Abbiamo sofferto voi ed io nello stesso modo, voglio crederlo, a causa di una separazione inutile e insensata che oggi, visto come sono andate le cose, nella tragedia immane che tutti ci ha colpito e che insieme viviamo, mi appare ancora più assurda. Ti prego, accoglimi di nuovo tra le tue braccia, chiedi a papà di amarmi come prima e ai fratelli rimasti di accordarmi di nuovo il grande affetto che mi ha aiutata a crescere. Accogliete anche Cesare, cui mi sento ogni giorno più unita, e i nostri due splendidi bambini che ancora non conoscono i loro nonni pur pregando per loro ogni sera. Sperando in una tua, in una vostra risposta amorevole e condividendo appieno il vostro immenso dolore per Paolo, ti prego di darmi almeno notizie di voi tutti al più presto. Tua sempre figlia Sofia".

In quei giorni di afflizione inconsolabile le ansie per il Picci vennero accantonate e solo quando non ebbe più lacrime Sofia, in lutto stretto e con il cuore gonfio di pena, decise di cercare il frate cappuccino senza dir nulla a Cesare. Le pareva inutile e meschino gettare altro olio sul fuoco che lo bruciava dentro.

L'esorcismo

Umile e severo nel suo saio logoro, la mano destra protesa sulla testa del Picci, il frate cappuccino iniziò a recitare le formule di rito.

"Spirito del Signore, Spirito di Dio, Padre, Figlio e Spirito Santo, Santissima Trinità, Vergine Immacolata, Angeli, Arcangeli e Santi del Paradiso, scendete su di lui. Signore, plasmalo, riempilo di te, usalo. Caccia via da lui tutte le forze del male, annientale, distruggile perché possa star bene e operare il bene. Caccia via da lui l'infestazione diabolica, la possessione diabolica, l'ossessione diabolica, i malefici, le stregonerie, la magia nera, le messe nere, le fatture, le legature, le maledizioni, il malocchio; tutto ciò che è male, peccato, perfidia...".

Marianna, presente per volere della madre, ascoltava sbalordita. Com'era possibile che il piccolo diavolo, amico del Picci avesse a che fare con tanti orrori? Non conosceva il significato di tutte le parole dette, ma di "diabolico", "stregonerie" e "maledizioni" sì, di quelle sapeva, e capiva che il frate invocava la distruzione di mali assoluti, tenebrosi e particolarmente ignobili.

"Guarisci questo bambino dalla malattia fisica, psichica, morale, spirituale, diabolica...". Ma il Picci non era malato, stava benissimo!

"Brucia tutti questi mali nell'Inferno, perché non abbiano mai più a toccare lui e nessun'altra creatura al mondo. Ordino e comando con la forza di Dio

126

Onnipotente, nel nome di Gesù Cristo Salvatore, per l'intercessione della Vergine Immacolata, a tutti gli spiriti immondi, a tutte le presenze che lo molestano, di lasciarlo immediatamente, di lasciarlo definitivamente e di scomparire nell'Inferno eterno...".

Sempre più allibita, preda di una sorta di angoscioso stordimento, Marianna si agitava sulla sedia dove si era appollaiata. Ma insomma, tutto questo era... come diceva la maestra? Non trovava la parola... Ma sì, "irragionevole", così lei definiva certi comportamenti di Marianna e del Picci. Ecco, irragionevole! Un'enorme sciocchezza! Tutti quei paroloni... un abracadabra da brutta fiaba che fa paura. Dove le streghe trasformano i principi in rospi. Ma si sa che non può finire così... Il Picci non poteva crederci, di certo prima o poi sarebbe scoppiato a ridere e il frate, offeso, se ne sarebbe andato...

Guardò il fratello. Ci credeva, invece. Il visino cereo e rattrappito come quello di un vecchio, gli occhi chiusi, il corpo irrigidito in una posa innaturale, sbilanciato dalla mano della madre che pesava sulla sua spalla, il Picci stringeva i piccoli pugni dondolando appena le braccia. E ascoltava, eccome se ascoltava! Quello strizzare gli occhi, quella tensione rabbiosa e impotente... Oh, Marianna lo conosceva bene. Ascoltava ed era sconvolto molto più di lei.

"... di sprofondare nell'Inferno eterno, incatenati da San Michele Arcangelo, da San Gabriele, da San Raffaele, dai nostri Angeli Custodi, schiacciati sotto il calcagno della Vergine Maria Santissima e Immacolata...".

Marianna pensò di fare qualcosa, di mettersi a urlare o a piangere forte o di urtare il vicino tavolino facendo cadere con gran fracasso le porcellane che c'erano sopra. L'amico del Picci non poteva finire incatenato per l'eternità, schiacciato come un insetto immondo, fosse pure dal calcagno della Madonna. Nessuno poteva essere così malvagio da fargli questo.

Eppure... eppure... Stava per rovesciare il tavolino, quando la colse il terribile pensiero che era tutta colpa sua. Lei aveva denunciato il fratello, lei aveva provocato l'intervento degli adulti, lei... lei... aveva combinato questo disastro. Se l'amico del Picci fosse finito incatenato per sempre e schiacciato come uno scarafaggio ogni giorno e se il Picci fosse morto di dolore per questo, la prima colpevole sarebbe stata lei. Immobile, sovrastata dalla nuvola nera del suo peccato, assistette come in trance alla fine del rito.

"E adesso ripeti con me", disse il frate, "Signore Gesù, tu sei venuto a guarire i cuori feriti e tribolati". Il Picci rimase in silenzio. "Non hai capito, piccolo? Devi ripetere ad alta voce quello che dico", insistette il frate. Intervenne la madre: "Obbedisci!", ordinò seccamente, scuotendo il Picci.

E il Picci obbedì, con una vocina esile che si sentiva appena, inciampando un po' nelle parole, guidato e più volte ripreso dalla madre che ripeteva ogni frase insieme a lui.

"Ti prego di guarire i traumi che provocano turbamenti

nel mio cuore... Ti prego in particolar modo di guarire quelli che sono causa di peccato... Guarisci anche le ferite dei miei ricordi... affinché nulla di quanto mi è accaduto mi faccia rimanere nel peccato... condannandomi alla dannazione eterna... Oh Signore, tu sei grande, tu sei Dio, tu sei Padre... io ti prego di liberarmi dal Maligno... Dalla menzogna e dalle ossessioni... Ti prego di farmi testimone autentico della tua vittoria su Satana... Io ti offro il mio cuore... accettalo Signore, purificalo... e dammi i sentimenti del tuo Cuore Divino... Io credo che tu puoi guarirmi e liberarmi... perché tu sei la Risurrezione e la Vita... Credo che avrai pietà di me e mi manifesterai la tua gloria... Per questo ti ringrazio e ti lodo. Amen".

Poi vennero l'imposizione delle mani, l'aspersione con l'Acqua Santa, così abbondante che lavò via il sudore dalla fronte del Picci ricadendo a goccioloni sui suoi vestiti, e la benedizione solenne: "In nome del Padre, del Figlio e dello Spirito Santo...".

A conclusione del rito, la madre abbracciò il figlio e gli disse: "Vai in pace ora, piccolo mio, vedrai che il diavolino cattivo non tornerà più a trovarti, non verrà più a tormentare le tue notti. Va tutto bene, è tutto finito tesoro".

Non andava bene affatto. Il Picci, muovendosi come un automa, tentò di aprire la porta per andarsene, ma non riuscì a girare la maniglia. Marianna accorse in suo aiuto e lui le rivolse uno sguardo remoto, come se non la riconoscesse. Entrambi si rifugiarono in camera loro, troppo scossi per parlare, giocare o leggere.

Li raggiunse zia Maria Teresa, con un'espressione chiaramente divertita sul viso.

"Allora, vi hanno fatto bene tutte quelle preghiere? Siete diventati degli angioletti? Su, su, andate a fare il bagno adesso, fra poco è ora di pranzo e la tata vi aspetta".

Mangiarono svogliatamente, poi scese la notte, cupamente accompagnata dal rombo di bombardamenti lontani. Se si fossero avvicinati, avrebbero dovuto fuggire in aperta campagna. Così la tata preparò la solita sacca con cibo e coperte, li invitò a togliersi soltanto le scarpe e li mise a letto vestiti.

Nel buio incominciò l'attesa. Sarebbe tornato? L'amico del Picci sarebbe tornato? O "i grandi" erano riusciti davvero a fargli del male? A incatenarlo... a schiacciarlo sotto i piedi come uno scarafaggio...

Insonne, Marianna ascoltava il battere delle ore che giungeva attutito dall'orologio del corridoio. Sentiva il Picci agitarsi, voltarsi e rivoltarsi nel letto. E come avrebbe potuto dormire? Lei era molto triste, certo, ma, alla fin fine, non lo conosceva nemmeno il piccolo diavolo. Per lui era diverso. Era il suo amico, il suo unico amico.

A un certo punto lo sentì gemere piano, poi vennero i singhiozzi, a fatica soffocati sotto le coperte.

Marianna avrebbe voluto scivolargli accanto, consolarlo. Ma sapeva che l'avrebbe respinta, peggio, che l'avrebbe incolpata di aver impedito lo sperato ritorno. Il rapporto empatico che li univa la tenne lì, muta e immobile, inchiodata al suo letto, lontana mille miglia da lui. Sentì suonare la mezzanotte, poi l'una, poi le due. Infine, pur tentando disperatamente di restare sveglia, piombò nel sonno.

I grandi non hanno sempre ragione

La svegliò la tata, sgridando il fratello con quella sua voce troppo alta anche quando tentava di bisbigliare.

"Insomma, sono solo le sei e mezzo. Perché sei sveglio? Guarda come hai ridotto il letto. Sembra la cuccia di un cane. E si può sapere perché frigni? Sei il bambino più insopportabile e capriccioso che io conosca! Ti ci vorrebbero un bel po' di sculaccioni, a te! Così almeno piangeresti per qualche cosa. E scommetto che adesso vorrai anche la colazione... Santo cielo, che pazienza ci vuole! Dai, su, infilati le scarpe".

Lo aveva portato via in fretta, sperando che Marianna continuasse a dormire e lei aveva finto di farlo per non affrontare subito la giornata. Se il Picci piangeva, voleva dire che il suo amico non era tornato.

Colazione... altro che colazione! Lei aveva voglia di vomitare. Il frate aveva vinto e cosa si poteva fare adesso? Tormentata dai rimorsi, addolorata per il fratello, arrabbiata col mondo intero e preoccupatissima, Marianna si alzò infine e si affacciò in cucina in cerca di notizie. Vide il Picci , imbronciato, seduto davanti alla sua tazza di latte. Vi sbocconcellava dentro una grossa fetta di pane sotto gli occhi severi della tata che vegliava a che mangiasse a dovere. Anche Marianna ebbe la sua tazza e il suo pane e, vedendo il Picci inghiottire, se pur svogliatamente, pensò che forse la situazione non era così tragica. Forse il Picci avrebbe dimenticato i tenebrosi eventi del giorno prima e persino il suo amico diavolo.

Dopo colazione aspettarono senza scambiarsi nemmeno una parola l'arrivo della maestra e, se quest'ultima si accorse che qualcosa non andava dall'ostinato, distratto silenzio del Picci, non lo diede a vedere e si limitò ad accarezzare con tenerezza la sua testolina bionda.

"Su, su, cerca di leggere questa frase. E' facile. Aiutati guardando le figure. Sono regali che potresti fare alla mamma. La frase ne descrive uno. Sceglilo". Il Picci biascicò qualcosa, indicò col dito un disegno e scoppiò a piangere.

La maestra lo prese in braccio "Mamma mia come pesi! Sei cresciuto troppo! Non piangere più, per favore. C'è qualcosa di speciale che ti fa piangere? Vuoi parlarmene?".

Il Picci fece segno di no. "E va bene, allora leggiamo una storia. Vuoi sceglierla tu o la facciamo scegliere a Marianna?". La scelse Marianna e il Picci si sedette di nuovo al suo posto, muto ma tranquillo. Ascoltava? Non ascoltava?

Come Dio volle la storia finì e la maestra se ne andò, con un ultimo sguardo preoccupato al Picci.

Seguì il supplizio del pranzo al grande tavolo che accoglieva ogni giorno almeno una dozzina di commensali, dove la madre chiacchierò del più e del meno con il resto della famiglia, fingendo di ignorare il silente disagio dei figli.

Quando i bambini ebbero finalmente il permesso di scendere in giardino tirarono entrambi un gran respiro di sollievo. Era la libertà a due ritrovata.

Marianna propose diversi giochi, tutti rifiutati, allora si sedette all'ombra del suo albero preferito, una grande quercia rossa, e cercò di farsi venire qualche idea, guardandosi intorno sotto un cielo di un azzurro insondabile.

Stava ancora almanaccando su una sorta di caccia al tesoro in cui avrebbe messo in palio… (già, cosa poteva mettere in palio per attirare il fratello?) quando improvvisamente non vide più il Picci, poco prima disteso non lontano da lei.

Preoccupata si alzò in piedi e allora lo scorse lontano, tra l'erba alta che contendeva lo spazio ai cespugli e alle residue, secche canne di granturco nel terreno incolto oltre il parco di casa.

Correva scompostamente a zig zag per evitare gli ostacoli troppo grandi per lui, agitando le manine alzate a scostare l'erba. Sembrava un piccolo spaventapasseri scosso dal vento che volasse, sradicato, verso il nulla.

Marianna spiccò la corsa dietro di lui, col cuore che le batteva all'impazzata. Al di là di quel campo incolto non c'era un altro campo, c'era la grande roggia!

Il Picci correva velocissimo. Marianna lo inseguiva badando a non perderlo di vista. Ma non ci riusciva.

Di tanto in tanto la sua minuscola, patetica sagoma volante scompariva nel folto di quel *terrain vague* e Marianna sbagliava direzione per poi scorgerla di nuovo, fugacemente, a distanze che nella sua ansia le parevano incolmabili. Se non fosse riuscita a raggiungerlo prima, il Picci sarebbe caduto nella roggia. Un pericolo tremendo contro il quale i bambini erano stati messi in guardia tante volte con la massima severità.

E fu proprio quello che accadde. Quando Marianna arrivò sull'argine di quel nero corso d'acqua fangoso, vide il Picci galleggiare a testa in giù, tra le alghe, trascinato via dalla corrente di superficie.

Senza esitare un attimo si slanciò nell'acqua, arrancò verso di lui cercando di mantenersi accanto alla riva per evitare le profondità del centro, ma perse piede nel fango e cadde anche lei trascinata dalla corrente. Riprese piede per un attimo, lo riperse, lottò strenuamente contro la paura che l'attanagliava e si aggrappò alle alghe ondeggianti intorno a lei per spingersi in avanti.

Per pura fortuna lo raggiunse scalciando e annaspando, riuscì ad afferrarlo per i vestiti e lo trascinò verso di sé riuscendo a rovesciarlo sul dorso. Ma la corrente era forte e rapida e il fondo viscido e melmoso li tratteneva entrambi, facendoli sprofondare sempre più tra quelle erbe acquatiche lunghe e scure.

Il Picci si lasciava fare, ma non collaborava, quasi fosse svenuto. Marianna beveva a tratti e soffocava, sputando e tossendo, gli occhi annebbiati che non vedevano più chiaramente. Con le braccia che trattenevano il Picci e le gambe sempre più intirizzite e deboli che si agitavano invano nell'acqua gelida e infida, pensò di non farcela.

"Annegheremo insieme", si disse.

Ma non era un'idea consolante e con rabbia, facendo appello alle sue ultime forze, cercò ancora di aggrapparsi con una mano alla molle, sdrucciolevole riva. Fu un grosso ramo caduto a salvarla, a salvarli entrambi. Lo sentì improvvisamente sotto le dita, duro, solido, saldamente incastrato nel terreno. Vi si aggrappò disperatamente senza lasciare la presa sul Picci e con grande fatica riuscì infine a issarsi sulla riva trascinandolo con sé.

Esausti e tremanti, i fratelli si sedettero fianco a fianco nell'erba umida. Il Picci vomitò acqua per un po', aiutato da Marianna che con una mano gli premeva lo stomaco e con l'altra gli dava vigorosi colpi sulla schiena, poi si stese e giacque immobile con gli occhi chiusi.

Allora Marianna, furibonda, lo investì: "Ma cosa ti è preso, si può sapere che cosa ti è preso? Stupido! Idiota! Cretino che non sei altro! Ti odio! Potevamo morire tutti e due! E comunque, se non arrivavo in tempo, saresti morto tu, questo è certo!".

Il Picci non si mosse. Era ancora un po' ansante e strizzava gli occhi.

"Ma io volevo morire, io *voglio* morire!", affermò.

Lì per lì Marianna, ancora infuriata, non ci fece caso: "Oh certo, devi solo aspettare un po'. Morirai di tifo per aver bevuto quell'acqua putrida. O ti verranno le rane nella pancia, stupido che non sei altro!".

"Ma io voglio morire *adesso*!", ripeté cocciutamente il Picci.

Questa volta Marianna capì che qualcosa non andava: "Ah questa poi! E perché vuoi morire proprio *adesso*?".

"Hanno ucciso il mio amico. Il mio amico è morto. Voglio morire anch'io per raggiungerlo e stare con lui. Voglio stare con lui per sempre".

Il Picci chiuse di nuovo gli occhi e giacque silenzioso e immobile, quasi fosse già morto per davvero. Allora Marianna si spaventò.

Infangata, infreddolita e stanca com'era, si cinse le ginocchia con le braccia e si sforzò di riflettere. Bisognava assolutamente convincere il Picci a non-voler-morire. Altrimenti, testardo com'era, si sarebbe di nuovo buttato nella roggia e magari non ci sarebbe stato più nessuno nelle vicinanze a salvarlo.

Marianna non avrebbe saputo esprimerlo con chiarezza, ma in quel momento sperimentava appieno il terribile senso d'impotenza che è all'origine di tante sofferenze infantili e delle insicurezze successive, quel paralizzante dover subire i comportamenti di puro dominio degli adulti senza potersi ribellare perché loro, gli adulti, non solo erano i più forti, ma facevano credere ai bambini di aver sempre e comunque ragione perché agivano per il loro bene, un bene che loro conoscevano e i bambini no.

Marianna avvertiva dolorosamente l'impotenza del fratello e sua ripensando agli eventi di due giorni prima e covava dentro di sé, oltre alla paura, una ribellione bruciante. La mamma e il frate non potevano aver ragione, avevano commesso uno spaventoso errore che magari non aveva ucciso il piccolo diavolo, ma poteva uccidere il Picci che, disperato, si sarebbe di nuovo buttato nella roggia.

E, se la rivolta che animava Marianna mirava innanzitutto a salvare il Picci, nel retrofondo dei suoi pensieri c'era la voglia inconscia di lottare contro il dominio degli adulti, di vincere, per una volta, l'impari battaglia contro di loro. Perciò, quando infine, dopo un lungo silenzio, si decise a parlare, le parole sgorgarono dalla sua bocca chiare e limpide come l'acqua da una fontanella.

"Se muori non rivedrai mai più il tuo amico", affermò decisa. "Prima di tutto perché lui non è affatto morto. Ricordati cosa ci ha detto la maestra: che i diavoli sono angeli caduti perché si sono comportati male con Dio e che, come gli altri angeli, non muoiono mai. Il tuo amico si è solo un po' spaventato, come te, e se ne è tornato a casa sua in Inferno. Ma tu in Inferno non potrai mai andarci perché il Buon Dio non ti ci manderà, non può proprio mandartici. Sei un bambino dei suoi, stai per fare la Prima Comunione, sai molte preghiere e reciti tutte le sere il *Proteggi*. Cosa dici nel *Proteggi*? Pensaci! Buonanotte Gesù, buonanotte Madonnina, proteggi il mio papà, la mia mamma, la mia sorellina, la nonna, zia Maria Teresa, la tata, la maestra, gli altri nonni, poi vai avanti e gli chiedi di proteggere zii e zie e così tante persone e addirittura Lussuria quando c'era e i tuoi giocattoli uno per uno e vai avanti per così tanto tempo che la tata ti dice: basta adesso! Finisci la tua preghiera. E tu come la finisci? Dai, ripeti con me. Non vuoi? Va bene. Ecco cosa dici: *e tienimi una mano sulla testa perché non faccia mai le stupidate*. E allora vedi bene, glielo chiedi tu e il Buon Dio ti ascolta e ti protegge. Infatti sei un bravo bambino. Obbedisci sempre, *quasi* sempre, non dici bugie, *quasi* mai, fai i dispetti solo a me, rubi *solo qualche volta* i dolci e le fette di salame in cucina, vuoi bene a tutta la famiglia, non uccidi neanche le formiche, impari quello che t'insegna la maestra... Insomma, come potresti andare In Inferno? Il Buon Dio ti manderebbe di sicuro in Paradiso e lì, te lo assicuro, non ci sono diavoli, neanche diavoli piccoli, se è per questo. Quindi non rivedresti mai più il tuo amico!".

Il Picci aveva aperto gli occhi, si era rimesso a sedere e ascoltava intento. Marianna lo sbirciò di sottecchi e continuò.

"E ti dico un'altra cosa. I grandi non hanno sempre ragione e fanno anche loro un sacco di stupidate. Se facessero sempre tutto giusto non ci sarebbe la guerra e neanche i poveri che non hanno da mangiare e tutti sarebbero felici e contenti. E poi, secondo te, come possono far del male al tuo amico diavolo se neanche lo conoscono, se non lo hanno neanche mai visto? Quel bruttissimo frate ha mai visto un diavolo? E la mamma? Certo che no! E comunque non hanno mai visto un diavolo piccolo. Solo tu lo conosci e sai com'è fatto e sai che è un diavolo buono che non fa del male a nessuno e ti porta in giro per il mondo a vedere cose bellissime. Credimi, non possiamo fidarci dei grandi! Non è vero che sanno tutto! Non capiscono proprio niente. Ci spaventano e basta. E mentono anche. Ricordati di Lussuria. Hanno detto che il dottore l'avrebbe fatta star bene e invece l'ha ammazzata con quell'iniezione. E quando dicono che va tutto bene e invece cadono le bombe? E quando dicono che una medicina è buona e invece è schifosa? E quando litigano e li sentiamo benissimo, ma ci dicono che non è vero, che parlano e basta? L'altro giorno loro hanno cercato di schiacciare il tuo amico come uno scarafaggio, ma lui non era lì e questo lo sai bene perché non viene mai di giorno, viene solo di notte. E quindi chissà dov'era mentre loro ce l'avevano con lui. E' tutta una bugia! Non devi credere che sia successo davvero. Il tuo amico tornerà. Se ti vuole bene non ti lascerà solo a preoccuparti per lui. Se sei vivo e lo aspetti tornerà. Mi credi? Dimmi che mi credi per piacere e torniamo a casa. Qui moriamo davvero, ma di freddo".

Il Picci si alzò con una luce nuova negli occhi e si strofinò contro la sorella in una specie di goffo abbraccio. Poi tutti e due, fradici, infangati, pallidi come piccoli spettri, sgattaiolarono silenziosamente in casa e cercarono la tata.

"Santo cielo, che cosa avete combinato?", gridò lei costernata. "Disgraziati! Adesso cosa ne faccio di voi?".

Rimproverandoli, esigendo spiegazioni che non ascoltava, li spogliò e li strofinò ben bene con un asciugamano di spugna mentre scaldava l'acqua. Poi li cacciò in un bagno caldissimo, li strigliò di nuovo senza pietà e li rivestì abbondando in golf e maglioni.

"Non dire niente alla mamma, ti prego, ti prego, non dire niente alla mamma", supplicava Marianna.

"E va bene, impiastro. Ma guai a voi se vi avvicinate di nuovo alla roggia! Piccoli delinquenti…".

Si rifugiarono in camera loro con la coda tra le gambe. Il Picci aveva un visino sereno e disteso, il suo visino di tutti i giorni. Marianna era tranquilla, intimamente contenta di sé. Forse, forse aveva sconfitto i grandi.

Il suo senso di impotenza, rabbia e rancore segreto, aveva lasciato il posto a una timida speranza di vittoria. Dicessero quello che volevano la mamma e il frate. Facessero pure le loro stupide magie! Il piccolo diavolo sarebbe tornato e il Picci non sarebbe morto.

Purché tornasse presto però! La prima notte non accadde nulla. Stravolti dalla stanchezza dopo la loro tremenda avventura, Marianna e il Picci dormirono come sassi.

Marianna sognò alghe e fango e si svegliò una volta di soprassalto, in un bagno di sudore, ma si riaddormentò quasi subito, questa volta del sonno del giusto. Il Picci non si girò neppure nel letto.

Il giorno dopo un velo d'ansia imprigionò i fratelli in un silenzio teso. Poi scese di nuovo la notte, una notte luminosissima di luna piena i cui raggi filtravano attraverso le imposte. Marianna era ancora sveglia, tentando invano di non porsi domande, di pensare piuttosto al Pincio e alle sue meraviglie mai dimenticate, quando udì distintamente una risatina provenire dal letto del Picci, seguita da un sommesso mormorio e da un lieve frusciare di lenzuola.

Rassicurata, felice, assolta dal suo tradimento, si rigirò nel letto e si addormentò. L'amico del Picci era ritornato.

Francesca Benvenuti
dicembre 2019

www.ingramcontent.com/pod-product-compliance
Lightning Source LLC
Chambersburg PA
CBHW071958170626
46813CB00005B/1916